[英] 阿尔弗雷德·丁尼生/著
蔡和存 /译

重庆出版集团 重庆出版社

图书在版编目(CIP)数据

公主 / (英) 阿尔弗雷德·丁尼生著; 蔡和存译. —重庆: 重庆出版社, 2020.3

ISBN 978-7-229-14375-6

Ⅰ.①公… Ⅱ.①阿… ②蔡… Ⅲ.①叙事诗—英国—近代 Ⅳ.①I561.24

中国版本图书馆CIP数据核字(2019)第177549号

公主

GONGZHU

[英]阿尔弗雷德·丁尼生 著 蔡和存 译

丛书策划:李 子
责任编辑:李 子
责任校对:朱彦谚
封面设计:严春艳
版式设计:侯 建

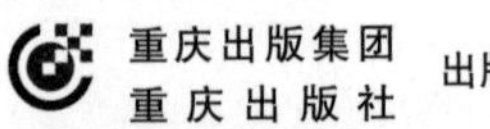

出版

重庆市南岸区南滨路162号1幢 邮编:400061 http://www.cqph.com

重庆出版社艺术设计有限公司制版

重庆市鹏程印务有限公司印刷

重庆出版集团图书发行有限公司发行

邮购电话:023-61520646

开本:787mm×1092mm 1/32 印张:9.375 字数:191千

2020年3月第1版 2020年3月第1次印刷

ISBN 978-7-229-14375-6

定价:69.80元

目录
CONTENTS

序幕

他那双狡黠的充满爱意的眼睛
像鹦鹉透过镀金线一样盯着她看，
小心地握着女士的手指，
充满真情地轻咬它，生怕伤着了她。

沃尔特·维维安爵士整个夏日，

都把他宽阔的草坪向人们开放。

中午时分，人们成群结队，蜂拥而至。

佃户们携妻带子，还有一半

来自附近的城镇与他们的学院，

而他就是学院的赞助人。

我从学院过来，

拜访其子，

他儿子也叫沃尔特，还有其他五人与我同行，我们一伙七人在维维安家玩耍。

那天早上沃尔特带我参观了房子，

有很多希腊风格的半身雕像；

大厅的花瓶里奇花异草，比它们的芳名更可爱，

肩并肩争奇斗艳；

地面过道上则摆放着教堂废墟里才有的石雕，

巨大的菊石[1]和史前化石。

来自不同地域和不同时代的东西杂乱堆放在桌上：

石斧和长管烟斗，

双刃阔刀和雪地鞋，熔岩玩具，

檀香扇子，琥珀，古老的念珠，

精工雕琢的象牙球，

施了咒的马来亚波形短剑，

棕榈诸岛的战棒。

在吓人的鹿角之间，

高悬于墙壁上的，

是他祖上的武器和盔甲。

他说："这是休在阿金库尔战役[2]中使用过的，
那是老拉尔夫爵士在阿斯卡隆战役[3]使用过的，
他是个好骑士！他的所有故事我们
都有记录。"他拿来记事本，
我一下子扎入一堆骑士的故事中，
一半是传奇，一半是史实，
忠于他们领主的骑士们最后都壮烈牺牲。

其中有位女士，卸下红装，
披甲上阵，策马冲出城门，
杀敌无数，御敌于城门之外。

"啊，女人的奇迹，"书中说，
"啊，高贵的心灵，
疯狂的国王强加意愿于她，

她没有妥协，没有畏惧，如战士一般视死如归。
但是现在，当一切尽失或者即将消失——
她的身形在晨曦之中超尘拔俗，
她高举手臂，眼含怒火——
城门号角齐鸣，她驻足片刻，
随即，像一道闪电落入敌阵，
坐骑的铁蹄踏出一条血路。
有些敌人被墙头投掷的飞石击倒，
还有一些被岩石后投出的长矛击中，
另一部分则跌入湍急的溪中淹死了。
啊，女人，高贵的奇迹！”

昔日的故事英勇又荣光，
我全神贯注，沉迷其中。“出来，”他说，
“去修道院吧！伊丽莎白姨妈来了，
还有莉利亚修女和其他人。”
我们去了，

穿过庭园，我看到一片奇特的景象：
斜坡上整片草坪都在喃喃细语，随处可见
人们快乐的脸庞，度着开心的假期。
那边人头攒动，熙熙攘攘：
学院的领导们正耐心地
用事实教导他们。有人拿起一个石圣水盂
从坡上的大水桶中取水，
这时候，喷泉开始了，它宛如
一条扭动的银蛇，又恰似一场珍珠雨。
在急升的水柱上面，金光闪闪的小球
像精灵们在跳舞。再往下看，
有个手拿旋钮、导线和小瓶子的人引燃了
一门大炮，回声响彻山坡，
飞越旷野，似林间仙子从梦中回应。
这里有望远镜可欣赏蔚蓝的美景，还有一群女孩
围成一圈等着，电击炮声
随着尖叫和笑声逐渐散去。

一艘机械小汽船往返划水，

摇晃着水中的荷花。

小山丘上十几台机器正在工作，

就像生气了一般突突地冒着蒸汽。

一辆小火车在运行，一个热气球

在宝石般昏暗的树林前升起，

放下一个可爱的降落伞渐飘渐远：

它们通过二十条电报杆

在模拟的站点之间

来回传递着一条愉快的信息。如此，

娱乐与科学携手并进。其他地方

则进行着纯粹的娱乐：一群喧闹的男孩玩着滚球游戏，

有人撞倒门柱被判出局；小婴儿在草地上滚来滚去，

犹如掉落草丛的果实；青年人和姑娘们

组织乡村舞会，人们在光影之间

穿梭，而悠扬的小提琴声

奏起了《士兵好小伙儿》。头顶上方

耸立两排高大的橙树，枝繁叶茂，芳香扑鼻，
其间蜜蜂嗡嗡，清风阵阵。

眼前景象奇异，我们凝视良久，
感叹时光飞逝，最终心满意足地
来到废墟。高高的拱门爬满常春藤，
非凡的哥特式建筑比火焰更璀璨，
有如时空穿越一般，
花园、人群、房子在面前一一展现：
草坪修剪齐整，跟花园一样漂亮，
在这里我们遇见伊丽莎白姨妈、
莉利亚和其他人，还有坐在附近的女士们。
这里有拉尔夫的塑像，
破败不堪，依墙而立，
表情快乐。
莉利亚生性好动，是个半大不小的姑娘。
她把拉尔夫的头盔围上橙色的围巾，

给他的肩膀披上玫瑰色的丝绸，

这位老勇士立马变样，在藤蔓交错的角落，

竟然重焕容光。他坟墓不远处摆着一场盛宴，

银制餐具闪闪发光，客人们都围坐在一起。

我们走过去加入他们，然后伊丽莎白姨妈

把这美好的一天作为范本，

向众人宣讲世间文化，

说明诸事皆能如此美妙，但提起学院，我们则感到汗颜：

有人翻越学校的尖顶栅栏；

有人从栅栏中间空隙硬挤过去；

有人驱赶学监家的狗；

有人说他的导师对普通人粗暴无礼，

却在贵族面前阿谀奉承；

还有人说校长就是一个彻头彻尾的流氓，

却总是以道貌岸然的理论伪装自己。

他们谈论的时候，我看到他们头顶上方的

封建女武士装束，它让我记起了那本书。

打开它，我找到了老拉尔夫爵士的故事，

看了一两页，讲的都是他如何与人骑马比武的，

然后就是女勇士的故事了。

她杀敌无数，御敌于城门之外，

我无比称颂她的高贵。

沃尔特拍拍莉利亚的头，问道：

“如今哪里还能找到这样一位女士呢？”

莉利亚马上答道：“有成千上万

这样的女人，只不过传统把她们打败。

她们能做的就是传宗接代，相夫教子，仅此而已，

这都是你们男人干的好事，我恨你们所有男人！

啊，我若是个伟人就好了！我希望是一个

伟大的女诗人，我要戳穿你们男人的谎言，

让你们蒙羞，说什么爱女人，不过是

把我们当成三岁孩童愚弄罢了！啊，我希望

我是个伟大的公主，我要

远离男人创办一所大学，跟你们男人的大学一样。

我要让她们接受男人享有的一切教育，

我们的学习速度会翻倍！”说到这儿，

她甩甩手，停止拨弄头上的卷发。

有人笑着说：“如果我们的旧学堂能改变性别，

让知书达理的女士做学监，

请庄重威严的年长女士做系主任，

可爱的女生金发披肩从这里顺利毕业，

那将是何等美丽的景象。

我觉得他们不要穿我们那些旧袍，

却可以像天蚕蛾一般自由行动，或者像拉尔夫一样

在角落仍熠熠生辉，但我担心，

如果学校里出了太多莉莉亚这样的女孩，

不管你把巢穴挖得多深，

总有男孩会发现她。”

她穿着丝质凉鞋的小脚在草地上

轻轻拍打：

“那是你的光明大道，我会让男人们

除了窥视我们之外，将别无良策。”

她越说越来劲，最后竟自嘲起来。

她是一朵玫瑰花蕾，长满任性的小刺，

有如英格兰的空气一样甜美，

但沃尔特给她起了好多绰号，

诸如“小妖婆”和“无礼的小猫咪”之类。

他发誓在大学里非常想念她，

其他的一切都很好，只是渴望她的陪伴。

他们一起划船，打板球，喝酒聊天，

上俱乐部，谈艺术，说政治；

他们几个星期不去上课，

令学监们大为恼火；

他们骑马，打赌，广交朋友。

光阴似箭，他们乐在其中，

但是却思念维维安家的这朵家庭之花——莉利亚。

他这样说，

半开玩笑，半是动情。

“真的，”她说，

“我们并不怀疑这一点。

哦，是的，你很想念我们。

要真是这样，我和你赌这枚红宝石戒指。”

她伸出手来，

他那双狡黠的充满爱意的眼睛

像鹦鹉透过镀金线一样盯着她看，

小心地握着女士的手指，

充满真情地轻咬它，生怕伤着了她。

她娇声尖叫起来，

拧了他一下。“你又怀疑我说的话！”他说，

“来吧，听着！这就是想念你的证据！

我们七个人在圣诞节熬夜读书，

有位导师一直陪着我们。

中规中矩、无趣的缪斯[4]

已经过时了，我想，从来没有人，

像他那样游手好闲，消沉度日。

因为当我们的修道院走廊响起冰冷的脚步声，

长长的步道也草木凋零时，

我们就想说服你们过来，确保大家

都能参加聚会。通常就像很多女孩一样

想念家里的冬青和紫杉，

像许多小莉利亚淘气包一样

在这里玩着圣诞节的猜字谜的游戏。

嗯，我是怎么想的？嗯，何时、何地、如何

在这里过圣诞节？

我们通常轮流讲故事。”

她记得

这是一个好玩的游戏。

比起魔法音乐、罚物游戏，它还有其他玩法，

她更喜欢这个；

但她很想知道，

男人和男人之间会讲什么样的故事呢？

她带着些许鄙视，

嘴巴高高嘟起。

沃尔特朝我点点头：“从他开始，

其余人一个接一个地轮流来。

我们编了七段故事。

什么类型的故事呢？

女妖喀迈拉[5]，四分音符，圣诞独白，

七头的怪物，只想

在炉火旁消磨冬日的时光。”

“现在就杀了他，

暴君！夏天也可杀了他，”

莉利亚说道。“何不现在就杀了呢？”伊丽莎白姨妈说。

“为什么不说夏天的故事，而是冬天的故事呢？

一个夏天的故事更合时宜，

该有一些适合这个地方的英雄壮举，

因为一个英雄就躺在地下，

墓地，肃静！”

沃尔特翘起嘴巴做出肃静的样子

让我忍俊不禁。

莉利亚突然发出一阵惊悚的笑声，

就像躲在废墟里幽灵般的

啄木鸟发出的声音一样，直到伊丽莎白姨妈

转向我说道：“那随你便咯。

如果你愿意当英雄就当英雄，或者什么都行，

也许如果你愿意的话，你就是英雄。”

“那就让莉利亚当女主角吧！”他喊道，

"让她做伟大的公主，六英尺高，

高贵的、史诗般的、好杀人的公主；而你

就是去赢得她芳心的王子！"

"好，我就是王子，大家都跟着我。"

我回答说，"每个人都是英雄！

七人合一，如梦中之影子。

我们公主的要求似乎是必须英勇，

但还应该有些契合时间和地点的东西：

哥特式的废墟和希腊风格的房子，

关于学院和女士权利的辩论，

一位丝质面具的封建骑士，

还有，在那头，尖叫和奇怪的实验，

厉害的拉尔夫爵士已把他们焚烧殆尽。

这是一个故事集锦！我们应该把他请回来

让他给我们讲'冬天的故事'。

无论如何，不管面对什么我们都会传诵这个故事。

如果她们愿意，让女士们为我们唱歌，

有时，唱一些民谣或唱首歌
可以让我们稍稍喘息一下。”
于是我开始了，
其他人跟在后面，男人们粗野的声音之间
夹着女人们的歌声，
就像阵风间隙中的红雀。
下面我为大家献上整个故事和颂歌。

---

[1] 指菊石化石。菊石是已绝灭的海生无脊椎动物，生存于泥盆纪至白垩纪，壳体小的仅有几厘米，大的可达两米。

[2] 阿金库尔战役发生于1415年10月25日，是英法百年战争中著名的以少胜多的战役。

[3] 阿斯卡隆战役发生在耶路撒冷被占领后不久的1099年8月12日，常被认为是第一次十字军东征的最后一次行动。戈弗雷领导的十字军击败并赶走了法

蒂玛军队，保障了耶路撒冷的安全。

[4] 缪斯，希腊神话中司文艺和科学的 9 位女神。

[5] 喀迈拉，古希腊神话中的怪兽，希腊语“母山羊”的意思。它由三部分组成，是一种会喷火的怪兽：身子前部是狮子，中间是山羊，尾巴是一条蟒蛇。它每到一个地方就会摧毁一切。

第一卷

我母亲可怜兮兮地祈祷了上千次，
她善若圣人，
机智温柔，无比亲切，
人皆视她为半神。

我是一个王子，蓝眼睛，俏脸蛋，

多情如五月之春天。

一头黄色卷发，犹如少女般的风采，

因为我的摇篮之上，北极星在高高地闪耀。

我们家流传着一个古老的传说：

有个巫师法术不灵，投射不出影子，

被我一个遥远的祖先烧死了。临死前他预言，

我们所有的族人将无法辨清

实物和影子，并且

还将与影子搏斗并最终落败。

于是，我母亲说，故事就开始上演了。

确实，我们犹如生活在半梦半醒之中，

这或多或少跟那房子有一种古老而奇怪的联系。

我自己也会突发怪病，天知道那是怎么回事：

即便大白天走在人群中，

跟往常一样走路说话，

却突然感觉自己行走在幽灵之间，

犹如梦中的影子。

在大殿之上——盖伦[1]镇定地拄着金柄拐杖，

一边捋着胡子，一边喃喃自语“僵住症”。

我母亲可怜兮兮地祈祷了上千次，

她善若圣人，

机智温柔，无比亲切，

人皆视她为半神。

我亲爱的父亲却认为国王就要有国王的样子，

他并不在乎房子的联想。

他拿着他的权杖，就像学究拿着棍棒，

伸长胳膊抽打忤逆之人，

把违反者从人群中揪出来，

加以审判。

那时我正值韶年，

和一位邻国的公主订了婚。

她于我而言不过是八岁时

与一只不中用的小牛犊行代理婚姻罢了；

但不时有传言从南方过来夸她长得俊俏，

还有她的弟兄们，都是身强力壮的青年。

我把她的画像以及一绺黑发，

悄悄藏在胸前，美妙的思绪围绕着它们，

就像蜜蜂簇拥着蜂王。

当我大婚临近之日，

我父亲派遣使者带上兽皮，

还有珠宝、礼物，去迎娶她。这些换来的是

一件礼物，做工精细的绸布

以及一个含糊其词的答复。

他们觐见了国王，他收下礼物，

他说确实有婚约在先，千真万确，

但后来公主有了自己的想法，这能怪他吗？

少女们都喜欢幻想，她喜欢和姐妹们待在一起，

因此，她决定不嫁人。

那天早上我在会客厅里

和两个朋友西里尔、弗洛里安站在一起，

前一个是破产的绅士，

但热衷享乐；

另一位是我的另一颗心，

几乎是我的另一个自我，因为我们成双成对出入，

宛如马的耳朵和眼睛一样亲密无间。

正当他们说话的时候，我看到了父亲的脸

拉得老长，像升起的月亮一样踌躇不安，

他气得满脸通红！他腾地站起来，

把国王的信撕成了碎片，扔在地上，然后

将精美的绸布全部扯烂，最后他发誓

一定要派十万大军，

如旋风一般将她抓来。他

带着满腔怒火，义愤填膺，

与将领们商讨如何出兵。

最后我开口了：“父亲，让我去吧。

那位国王如此答复，

其中必然暗藏玄机。

人们皆称他热情善良。

或者，一旦我亲眼目睹新娘，

发现她名不副实，即便伤心，

反倒会后悔与其订约呢。”

弗洛里安说：“我有个姐姐就在该国宫中，

她在公主身边服侍。你知道，

她嫁给了一个那里的贵族，

丈夫最近去世了，

听说给她留下了三座城堡。

我向她打听一下，整件事情可能就水落石出了。”

西里尔低声说：“把我也带上吧。”

接着他笑起来，“如果你在异国他乡怪病突发，

身边可没有人帮你分辨影子和事物本身！

带上我吧，我会在逆境中助你一臂之力，

那儿肯定有我的用武之地。”

“不！”恼羞成怒的国王咆哮道，

“你不能去，我要让她的少女美梦在我的大军面前

灰飞烟灭。散会！”

会议结束后，我站起身，

穿过环绕小镇的那片密林，

找到一个僻静之处，掏出她的画像。

我把它展开铺在花丛上，看着它沐浴在

缀满露珠的树丛散发的绿色光芒中。

她在幻想些什么呢？为什么要违背婚约呢？

她一副骄傲的样子。正当我沉思的时候，

一阵风起，刮向南方，

树林摇曳着，像在歌唱，在低语，

在尖叫，

其中有个声音喊道：

“来吧，来吧，你会赢的！”

就在月圆之前夜，

我和西里尔以及弗洛里安一起，

偷偷溜出宫去，神不知鬼不觉地

蹑手蹑脚穿过镇子，有点提心吊胆，

生怕父亲从某个窗口探出头来

在我们背后震天动地，

大喝一声：“嗬！”

然而，一切平静，我们像蜘蛛一样

一个个贴墙爬下城堡，

飞奔直达边境，

跨入一片更有活力的国土。我们一路经过田野和农庄，

还有葡萄园，穿过荒野密林，

终于抵达塔楼林立的主城，

在皇宫中见到了邻国国王。

他的名字叫伽马，说话小声又沙哑，

稍微一笑脸上就堆满皱纹，

如同微风在平静的湖面上漾起阵阵涟漪。

他是一个干瘪的老人，毫无生气，

一点也不像个国王。他盛情款待了我们三天。

第四天，我表明了前来造访的原因，

并提及了我的未婚妻。

“王子，你的光临让我倍感荣幸。”他挥手说道，

手指戴着宝石戒指，但肤色苍白，

“我们都铭记年轻时的甜蜜爱情，

的确，多年前我们两家订过婚约，

还举行了仪式，

但很不幸，现在我们的婚约无法继续了。

我倒是希望你能娶了她，王子，这是我的肺腑之言，

我真是这么想的；但是我们这儿有两个寡妇，

普赛克夫人和布兰奇夫人，

不断给我女儿灌输她们的理论，

坚持认为如果女人能受到和男人一样的教育，

就能和男人平起平坐。

她们不断重复这个论调，宴会上

人们也议论纷纷。

舞乐停歇，客人们三五成群聚集讨论，

话题莫过于此。他们天天叨叨，

我的耳朵都磨出茧来啦！

我女儿说，知识高于一切。

她认为，女人过去被当做孩童耍；

现在她们必须摆脱孩童的身份，

恢复女人的权利。

然后，王子殿下，她居然为此写下赞歌，

她那样子和所作所为

实在太可怕了！她颂扬

摆脱孩童的身份，用歌谣和

令人沮丧的抒情诗

预言着毫无来由的变革。

女人们歌颂这些东西，

洞若观火，称之为杰作。

我只求和平共处，我不妄加批评，

她们征服了我。最后她请求我，

赐予她靠近你父王边界处的

那个坚固的行宫。

我开始并不同意，

但后来心一软就答应她了。

她心血来潮一溜烟儿就跑了，

她一心想在那儿建一所女子大学，

其他情况我们也不甚了解，仅此而已。

她们不见任何男人，包括她哥哥阿拉克，

也不见她的双胞胎兄弟，

尽管他们都爱她，视她为

完美之典范。而我，

请原谅我这么说，极不情愿在我和孩子之间

制造冲突，但既然你认为

我与此事有些瓜葛。我坦承，

我可以替你写信给她，

但老实说，我觉得你成功的可能性

几乎为零。”

这就是国王的说辞，

他絮絮叨叨，油腔滑调，

似乎有意回避我们的正式婚约。

这一切让我火冒三丈，

誓要找到我的那位新娘。

我和两个朋友继续前进。

我们跳上马背，

掉头向北，长途跋涉，

终于，在夜幕降临时分，

从山上望见一片希望之地，

我们策马来到一座田园小镇。

它坐落于波光粼粼的河湾之处，

靠近那片自由之地。

我们走进一家旧旅馆，招呼掌柜前来，

奉上他最好的美酒，

并向他出示了国王的信件。

他看着信，不由倒吸一口凉气，
双眼死死瞪着它，然后惊叫起来，
断言任何男人要去那儿
皆不合规矩，但随即渐渐冷静下来。
他说："国王都给我们来信了，
那他这么做一定是有道理吧。
国王会支持他的。"最后
酒酣耳热之际，
"毫无疑问，我们也许能让您值得这趟付出。
她曾经路过这儿，我听过她说的话，
我被吓到了。天哪！我从未见过这样的女人，
她看上去始终那么高贵、那么严肃。
我一直对公主心怀敬畏，
我把女儿和女仆当男孩用，
我总是坚持用母马送信，

据我所知，方圆数英里之地，

都是女人在耕作，养的猪都是母猪，

所有的狗——”

当他这样打趣的时候，

一个念头却在我脑中闪过，我忆起

在父亲的宫廷化装舞会或宴会高潮时，

我们三人身着女装

扮成女仆、仙子或女神。

于是我们派掌柜去买女装，

他照办了，然后帮我们束腰，

那情景绝对令人捧腹。

最后我们三人总算都着上女装，

一切准备妥当。

我们重金贿赂了掌柜，

请他务必保密，然后骑上骏马，

向自由之地勇敢地冒险。

我们策马溯河而上，

午夜时分，看到学校的灯光

开始像萤火虫一样在灌木丛中闪烁。

接着我们经过一个拱门，

门上有一尊带翅的女神像，

从四匹飞马中腾空而起，

黑色的轮廓映衬在星空之下，

前面刻着一些字，

但隐于阴影之中。再往前行，

我们来到一条小街，

一半是花园，一半是房屋，

钟声嘹亮，如银锤敲击银砧一般，

我们几乎听不到对方说话的声音。

喷泉飞洒，浇灌着

满园茉莉和玫瑰。

夜莺在我们周围啼叫，

我们沉醉于它的歌声，忘了身处险境。

帕拉斯[2] 的半身像标志性地竖在门口，

两盏球形灯如天体照耀地球一般，

上面标有星座和大陆。

我们策马进入，呼唤接应。

手臂丰满的女马夫和马厩女仆

应声跑来，一起扶我们下马。

一位丰腴漂亮的女主人前来，

引导我们去房间。

沿着有柱廊的长廊，

柱台已消失在月桂丛中。

我们问这问那，问都有哪些导师。

“布兰奇夫人。”她回答道，

“还有普赛克夫人。”

“谁最漂亮，谁脾气最好？”

“普赛克夫人。”“那我们就选她吧。”

我们异口同声喊道。我迫不及待地坐下写信，

犹如整片玉米地期待旭日东升一样急切。

“来自北方王国的三位女士恳请

公主殿下恩准入学，

拜普赛克女士为师。”

我用印章把信封缄，

印章上丘比特蜷卧在卷轴上，

抬起眼罩[3]，

望着头顶上方的维纳斯。

我把信交给她，以便天明时寄出，

然后上床睡觉。半梦半醒之间，

我仿佛在一个闪光的夜晚飘来飘去，望着

茫茫大海，闪烁着柔和的月光。

潮水漫上漆黑的海岸，那里土地富饶。

[1] 盖伦是古罗马时期最著名、最有影响的医学大师，被认为是仅次于希波克拉底的第二个医学权威。他是著名的医生、动物解剖学家和哲学家。

[2] 帕拉斯，即雅典娜，古希腊神话中的智慧女神。

[3] 传说丘比特在射出爱情之箭的时候，常常以布蒙眼，喻指爱情的未知和盲目。

歌

♫

夜晚我们穿过那片土地

轻轻摘下那成熟的麦穗

夜晚我们穿过那片土地，
轻轻摘下那成熟的麦穗，
我们吵架了，我和我妻，
我们吵架了，不知为何，
然后又亲吻且眼含泪水。

请祝福我们的争吵吧，
当我们和至爱之人争吵，
它让我们变得更加相爱，
然后又亲吻且眼含泪水！

我们来到孩子安息之地，
他于数年前离我们而去，
就在那小小的坟墓之前，
哦，在那座小小坟墓之前，
我们又亲吻且眼含泪水。

第二卷

公主，这位集所有美貌于一身的女人，
就端坐其上。
她不像是地球上的居民，
倒更似来自太阳附近的某个明亮星球。

天亮时分，学院的女门房来了。

她给我们带来了丝质院服，丁香颜色，

每件都佩有镶着金边的丝质垂巾。

我们穿上这些服装，

一个个就像刚刚破茧而出的飞蛾一样兴奋。

女门房恭敬地给我们屈膝行礼，并告诉我们

艾达公主正等着接见咱们呢。我们走出去，

我走在前面，穿过长廊，四周遍植月桂，

直抵宫殿。殿内镶着明亮的大理石，

上面饰以长幅经典浮雕，

殿柱上方铺着宽大的顶棚，

一坛坛鲜花争相开放。

中间是水柱滚滚而出的喷泉，

缪斯和美惠女神[1]，三人一组，环泉而立。

四周满布着格子书架，上面摆放着书籍和鲁特琴[2]。

我们只是匆匆路过，

爬上一段台阶就进入大厅了。

桌案上堆着书卷和各种资料，

两只驯服的豹子蜷伏在宝座两旁，

公主，这位集所有美貌于一身的女人，

就端坐其上。

她不像是地球上的居民，

倒更似来自太阳附近的某个明亮星球。

秋水明眸，仪态万千，气度非凡，

她一举手一投足之间，
浑身上下都显露出一份
独有的优雅和气质。
她站了起来，说：

“我们欢迎你们的到来，
你们是为了本领和荣耀来这儿的，
这可是外地人的学习起步之地。将来，
人们围绕在你们坟墓四周都将
尊你为贵，与我齐名。
天哪！你们国家的女士都这么高吗？”
“我们是王室成员，”西里尔说，“我们来自王宫。”
她答说：“那你一定认识王子咯？”他说：
“他正值有所作为的年龄呢！
对他而言，仿佛世上只有公主您一枝独秀，
他十分崇拜公主殿下的理想。”她答道：
“这种盛行于男人世界，

互相恭维的陈词滥调，

在我们这儿是行不通的。

它就如不值钱的铜板一样，

叮叮当当听起来不错罢了。

你们逃离那片未开化的蛮荒之地，

证明你们是热爱知识和崇尚权力的，

但你的言辞却说明你还很幼稚。其实，

我们并未向往他。从我们下决心要开始

这项伟大的事业起，我们就已经决定

永不婚嫁了。

女士们，进了这个门，

相信你们同样也能做到如此。

摒弃男人们那套把戏，那只会

让我们成为他们的玩偶。

如此这般，在不久的将来，

如果你们真能做到这一点，

你们就可以和那些自称是‘我们’的领主结盟，

就可以和他们平分秋色，共享富贵了。”

听了这番慷慨陈词，我们三人觉得汗颜，
低着头只管瞧着地上的坐席。接着，
一名官员站起来，宣读条例规定：
三年内不得与家里通信，
三年内不能跨出自由国度，
三年不得与任何男人说话。
还有很多，我们都仓促应允了，
我们终于成为正式成员了。“现在，”她叫道，
“你们都是生材，是不容易变形的。
看看我们的大厅！
我们的雕像！——绝非男人们想要的那些，
没有圆滑的苏丹宫女[3]或一个模子的女祭司，
也没有发育不良的东西方女人。她们全是伟大的女人——
有的教会了萨宾人如何自我治理国家；
有的始建了宏伟的巴比伦城墙。

还有女战神卡里亚[4]的阿特米希亚王后；
建造金字塔的罗多彼王后[5]；
克蕾莉亚，科妮莉亚，
她们与帕米拉王国并肩作战，
抗击奥勒留[6]的进攻；留着精明眉毛的
阿格里皮娜[7]。和这些人共处一室，
摒弃旧俗，与高贵的人们为伍，
望着富有美感的形体，
会让人的品格变得更加高尚。
啊！提升你们的品格，
拥抱我们的理想，为你们的自由奋斗吧！
姑娘们，现在知识不再是被封印的喷泉了。
豪饮吧，直到一贯的奴性，
还有空虚、说闲话、泄愤和诽谤等恶行，
都完全消亡为止。除了学会
让自己变得高贵起来，
其他的想法一概不要。现在你们可以离开这儿了，

今天普赛克夫人要给

前一周刚来的新生们做一个演说。

她们从全国各地蜂拥而至。”

言毕，她鞠躬致意，挥手

让我们离开。我们又再次穿过宫殿，

回到普赛克夫人那里。

走进房间，我们发现许多人依傍雕像坐着，

犹如早晨的鸽群，在草屋顶上

挺胸晒着太阳一样。

那是一群耐心的学生。

她站在一张缎桌子后面，

白肤金发，反应灵敏，身材匀称，目光锐利。

从这边望过去，她看起来也就二十出头的样子。

她左边有一个女孩在酣睡，

衣着鲜艳，像星星一样引人注目，

那是她的女儿，八个月大的阿格莱亚[8]。

我们席地而坐，普赛克夫人朝这边瞥了一眼，

然后弗洛里安，就像芦苇丛中

嘀咕着“傻瓜”的女人一样平静地说道：

“她是我姐姐。”“她也非常漂亮啊，这很公平。”

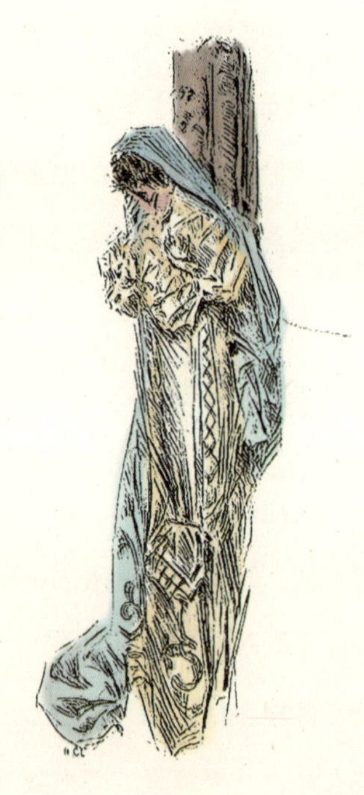

西里尔说。“嘿，安静，安静！”她开始说话了，

“世界本是一片流动的光雾，
后来星云逐渐形成中心，
不断旋转而成太阳，
外围旋转而成行星。随后巨兽出现，人类随之诞生。
他们或文身或涂成青色，冬天裹兽皮，
他们茹毛饮血，乃至互相倾轧。
此等情形在现今的荒蛮小岛上依然可见，
最底层人群亦是如此。”

接着她概述了人类所有的不雅过往，
描述了传说中的亚马孙女勇士[9]，
称其代表了一个高贵的时代；
她高度评价利西亚人[10]的习俗，提及
伊特鲁里亚的女子与王孙贵族同席饮酒[11]；
她也谈及波斯、希腊和罗马帝国的历史更迭，

细数每个时期女性低下的地位

是多么不公平、不合理。她讲得兴起，

又强烈谴责了萨利克法典[12]

以及中国的裹脚习俗；

还极度蔑视了穆罕默德[13]；

后来话题转到了骑士制度，

对妇女总算有了些许尊重，尽管微不足道，

人们的观念开始改变。

于是黎明终于来临，曙光乍现，

照亮了希望福地，它必将开花结果。

她是首位敢于冲破偏见的藩篱，

帮助女性摆脱习俗的桎梏，

断言女性是除了造物主之外最高贵的人，

她们确实应该真心感谢她。

她已经开创大业，她们必须巩固发展，

在此她们将接受一切男人所接受的教育。

她们无须害怕：有人说自己脑袋小，不够聪明；

有些男人也不高大，但他们并非最差，

因为精细能弥补脑量的不足。

另外，大脑如同双手，越用越灵活，

男人就是如此。聪明就像滚雪球，

他们充分利用自身优势成为各领域的精英，

某些时代也有例外。

女人更早成熟，活得也更久长，

虽然声名显赫的人物较少，寥若星辰，

事实上杰出人物才是男人衡量的标准，

不是卡菲尔人[14]，霍屯督人[15]，马来人，

也非手上长满老茧在地里劳作的农夫，

而是荷马、柏拉图、维鲁拉姆[16]。

女人亦是如此，

比如擅长治国的伊丽莎白女王一世，

战争女英雄农民贞德，

优雅的文学家、艺术家萨福[17] 等人，

她们都可与男人一较高下。

最后但同样重要的是，她自己也离乡背井，

为了她们鞠躬尽瘁，以保证她们

在这片绿洲上成长为有才和有用之人，

过着舒适惬意的生活，免受古旧习俗的摧残和影响。

最终，

她以预言结束演讲，

详述了心目中的未来：“天下之大，不论何处，

都将由男女共同主宰，

无论是议会还是家庭，

或是混乱的世界贸易

以及生活中的大小事务部门，

科学研究和人类心灵的探索也将

由男女学者共同参与。

将来必将涌现更多的

音乐家、画家、雕刻家、评论家。

在这个广袤富饶的地球上，

伟大的男女诗人将同时出现，

他们的思想必给世界注入新鲜血液。”

言毕，她朝我们招手，解散了其他人。

她热情洋溢地欢迎我们，

并开始跟我们讲话。

她脸上渐渐露出欣喜的神色，

就如抢风航行的船只，

松弛的风帆啪啪作响。她突然

声音颤抖起来，喉咙哽咽。她大声叫道：

“你是我的兄弟！”“是的，姐姐。”

“天哪，”她说，

“你为何在此？为何如此着装？

还有他们呢？都是些什么人？

为何来此？你是混进羊群的狼！

你们这一群恶狼！上帝啊，发发慈悲吧！

这是阴谋，阴谋，毁掉一切的阴谋！”

“不是阴谋，不是阴谋。”他赶忙回答。

“可怜的男孩，你没发现门上的铭文写着

‘男人勿入，进则必死’吗？”

“即使看到了，”他回答，“谁能相信
你们学院的纤纤伊人，哦，姐姐，
竟会像海妖塞壬[18]，
在男人的累累白骨上咏唱呢？”
“你会发现事实并非如此。”她说，
“你在开玩笑，你居然在刀刃上冒险！我的誓言
不允许我吐露真言。
哦，那钢铁般的意志，如锋利的斧刃一样坚定，
我们的头儿——公主。”
“那好吧，普赛克，取了我性命吧，
把我像黄鼠狼一样钉在农庄上，杀一儆百；
就把我埋在门口，
坟头刻上如此碑文：
‘这里躺着一个被姐姐手刃的兄弟，
一切都是为了女人的共同权益。’”
“也杀了我吧，”西里尔说，
“我见了普赛克夫人，也听了她讲话。”

我插嘴道：

“尽管如此掩饰，夫人，我还是喜欢真相，

愿意接受它。多年前

你的同胞王子我，和艾达小姐缔结婚约。

这里，因为她在这里，

于是，别无其他原因，我就来了。”

“哦，阁下，哦，王子殿下，我已没有国家，完全没有。

若说有，就是这儿了；但真的没有国了。

之前我是被连根拔起的，现在我移植于此。

订了婚约，阁下？爱的私语可能无法

在这个贞洁圣地吐露，该怎么说呢，

我已不是我，它无法存活。

雷霆高悬，静无声息；

你需做好准备，我一说，它就落下。”

“稍等一下，”我说，“门口的铭文，

我觉得并无太大致命的威胁，

它就如人们在园中拍手
把鸟儿从果实吓跑一般。
如果有更多，
如果有更多并采取行动，
结果将会怎样？战争！
你们将自毁名声。你的学院，
无论哪边取胜，都将在
号角的嘹亮声中倾倒，一切都是过眼云烟，
所有漂亮的理论不过是
无风暴夏天的美饰而已。”
“那就让公主评判去吧，”她说，
“再见，阁下——还有你们。
想到结局我不寒而栗，但我得走了。”

“您是普赛克夫人吗？”我继续说道，
“在老弗洛里安家排行第五，
他的画像挂在我父王的殿上

我祖父倒地，他拼死相救，

其他人均已逃走。我们指着它，

谈论着：弗洛里安家忠心依旧，

热情未减，它在后人血脉中继续流淌。”

“您是那个普赛克吗？”弗洛里安补充说，

“我曾和她一起歌唱清晨的小山，

一起玩球、放风筝，追逐紫色蝴蝶，

捕捉山谷里的松鼠。

您是那个普赛克吗？

她常常缚住我悸痛的额头，

抚平我的枕头，冲调泡沫的退烧药，

给我讲温馨故事，让我忘却痛苦，甜美入梦。

您是我亦兄亦姐的普赛克吗？

您曾经是，但现在您又是谁呢？”

“您就是那个普赛克，”西里尔说，

“对她我永远都一如既往，

女人，如果我能坐你身旁，

收集你散落的智慧。”

然后再一次，我开始说：

“您是那个普赛克吗？

新婚的清晨，在她经过一个个昔日同伴之前；

当国王亲吻她苍白的脸颊时，她声称

南方的山峦阻隔不了古老的血缘纽带；

任何国人陷入困顿或险境，

她都能倾听并伸出援助之手。

瞧！一切和我都是为此而来。”

“您是那个普赛克吗？”弗洛里安问，

“风和日丽的昔日，您坐在井边，

中箭的小鹿奔您跑去。

小家伙把头搁在您的腿上，低声呜咽；

您也伤心哭泣，鲜血喷洒染红您的衣裙，

您潸然泪下。

那是小鹿的血，不是兄弟的，

但您却伤心哭泣。

哦，一旁就是我聪明的小侄女，

您曾经是那个普赛克，但现在

您又是谁呢？”

“您就是那个普赛克，”西里尔又说，

“最可爱小姑娘的母亲，

她总是欢叫着请求您的亲吻。”

“出去！”

她回答，“安静！我就不能做个

有感情的斯巴达母亲[19]，

或是我同类的卢修斯·朱尼厄斯·布鲁图斯[20]吗？

你们称其伟大，为了大众幸福，

在罗马风雨飘摇、政治衰落之际，

杀了自己的两个儿子；

我或许也会杀了这孩子，如果确实需要的话。

我，难道我，

世俗的解放已遍及半个世界，

我却要背离初衷，为了救一位王子，一个兄弟？

我有点心软。

也许这样最好，对我们，也为了你们。

啊，太难了！当爱与责任冲突时！我怕

良心视我为不完美，但是——

想想我的处境。答应我

今天，明天，尽快，怎么来就怎么逃走。

我们会说这些女人太野蛮，学不会

她们逃走了，本来会令我们蒙羞呢。

答应我，你们所有人。”

我们还能怎样呢？只好一一答应。而她，

犹如刚入笼的野生动物，开始来回踱步，

直到在弗洛里安面前停下。她伸出白皙的手臂，

握住他的双手，淡淡地笑着说：

“我一开始就认出你了，虽然已经长大成人，

但没太大变化。见到你，弗洛里安，

我悲喜交集。我送你上了不归路，我的兄弟！

这是职责使然，非我本意。

我看起来很严苛，但必须如此，还请原谅。

我们的母亲，她是否安好？”

说完，她亲吻他的额头，随即
紧紧拉着他。他俩血脉相连，共同回忆起
甜蜜的家庭讨论，温暖的炉边话语，
还有遥远的典故，直到露珠莹莹，开始坠落。
他们站着说话，完全沉浸其中，
我们一旁注视。突然一个声音传来：
“布兰奇夫人叫我捎个口信。”
她往后瞧，我们也转过身，发现
梅丽莎——布兰奇夫人的女儿，站在门边，
一手搭在门锁上。
她面色红润，一头金发，穿着大学礼服，
嘴唇微张，犹如四月水仙。
她眼中的思想全都如此美丽，
仿佛清晨大海里的玛瑙，
随着碧波荡漾，清晰可见。

那位美丽的姑娘立于门旁，
普赛克夫人说："啊——梅丽莎——是你！
你都听到了吗？"梅丽莎回答："哦，请原谅！
我听到了，实在没办法，我不是故意的。
亲爱的夫人，请你不要害怕，
不要认为我的心中就愿意
杀死三位勇敢的绅士。"
"我相信你，"普赛克夫人说，"因为我们俩
一直都是好朋友，没人比我们更亲近，
就像榆树和藤蔓不分彼此。
你母亲爱妒忌的性格——
请不要让你的谨慎打盹，亲爱的，
或证明你是给漏水瓮灌水的达那伊得[21]，
以免这一切努力均被毁，
使我名誉扫地，也害他们丢了性命。"
"啊，别怕。"梅丽莎回答，
"不会的——我绝不会说的，

不会的，就算阿斯帕齐娅[22]那么聪明，

不会的，夫人，我不会回答示巴女王[23]

前来拷问所罗门的那些难题。”

“就这样吧，”夫人说，“这样我们仍能

继续引燃新的希望，并臻于和平，

因为所罗门同样会考验示巴女王的。”

西里尔说：“夫人，那时这位最智慧的男人

在黎巴嫩雪松建造的大厅宴请最聪明的女人。

如果您来了，

尽管，夫人，您要回答，我们来问，

我们也会热烈欢迎您的。

我们都欠您一条人命，

我本人更多。”他没说为什么，

只说：“非常感谢！”她回答：

“快走吧，我们一起待太久了。

用头巾遮住脸，

这里的人为了隐匿身份都这么做。

少说话，别和其他人混在一起，
记住你们的诺言。我相信，
一切都会顺利的。”

我们都转身走出去，但西里尔把孩子带上了，
抱着她的膝盖，靠在他的腰上，
鼓着腮帮，像个号手。
普赛克看着他们，面露微笑，
孩子伸手推他的脸，嘻嘻笑了，
我们的会面就这样结束了。

随后我们逛了半天
庄严的教室，椅子都摆成月牙形状。
我们每到一处都坐下，
聆听教授庄重讲课。讲台展板上
女人手绘的圆圈完美得以演示。
紧跟着是一场经典的讲座，充满感情，

不时有雷鸣般的史诗片段，
从蓝紫面巾遮脸的教师们口中迸出。
有挽歌、引用的颂歌，时间长河里
伸展的食指写出的五词一行的艺术瑰宝
永远闪耀着光芒。然后我们一起沉浸在
无边的知识海洋中，国家，
人类编年史大全，思想，
道德，也涉及环境，岩石，
星星，鸟儿，鱼儿，贝壳，花儿，
电，化学定律，以及其他，
一切可以教授和学习的东西。
直到我们像三匹闯破篱笆的马儿，
一整晚都泡在齐胸深的玉米地里，一饱口福。
我们汲取了大量的知识之后，我说：
“嘿，先生们，她们把一切做得和我们一样出色。”
“她们走老路，”西里尔说，“是有一手，
但是女人何时发明过什么呢？”

“讲话客气点！”弗洛里安回答，“你从

普赛克夫人身上学到的还少吗？

你废话连篇让我恶心，

我为你感到悲哀！”

“哦，废话。”他说，“但是有个核心。

我如果不称她为智慧，谁又能让我变聪明，

变博学呢？我瞬间从她身上学到的，

比缪斯女神们往我脑瓜子里，

假如它是空壳的话，

塞入的各种科学知识都要多。

上千颗心在这些大厅里等待开垦，

上千个爱的天使在大厅四周‘嘣嘣’拉弦，

朝它们射出无头箭矢，

造成了许多空虚的痛苦。但是，哦，

先生，随我一起进入的那个大男孩，

是所有金矿公司的老板，

这个长腿小伙，心中也有个普赛克，

他把我从兜包处一分为二。现在，弗洛里安，

你觉得呢？我要追逐真相呢还是影子？

它会一直这样吗？

我身上没有巫师的诅咒，

没有殿下那样的阴魂附体。
我自以为无论身处何处，总能
识别眼前的真相。好了，
城堡是影子吗？三个城堡？她，
可爱的女主人是影子吗？若不是，
那三座城堡能否用来缝补我破旧的大衣？
那三座城堡对我生活来说很宝贵，
而普赛克姐姐则是我心里珍贵的人，
两样珍贵之物，双倍价值自不言而喻，
也许我已经说了许多，但我的地域
却让我怯懦。那些教师们！哦，
听听那些教师们讲课！哦，瞧瞧，
像那干渴植物适逢甘霖，如饥似渴的样子！
有一两次我想咆哮，
挣脱锁链，抖擞鬃毛。但是你们，
制止了我，这个装腔作势、矫揉造作的家伙！
发出巴松管美妙的高音吧，我的喉咙；

曾经喜欢盯视眉目传情的明星姐妹，
现在也得低首垂眉；
放慢步伐，男人才昂首阔步，
让脸颊荡起一丝红晕的魅力；
就像不合时宜飞来的燕子，
茫然不知自己缘何来此。听听，
晚饭的钟声敲响了，我们得走啦！”

我们随着人流，
在柱子间前行，步子端庄而悄然，
三三两两，从头到尾
满眼皆是佳丽，头发或棕色或金色，
比晨雾还要艳丽迷人。
长长的大厅熠熠生辉，像百花盛开的大花坛，
男人再有智慧，又岂能不走神，
四处张望？而我的目光
只专注于她，

她沉浸在辉煌的梦想中，
富有阿斯脱利亚[24]时代的洞察力，
她和教授们围坐一起。彼时，
她们正讨论某个问题，互相争论不休。
声音越来越大，夹杂着
深奥的艺术及科学术语。
布兰奇夫人独自一人，
风韵犹存，表情透着傲慢，
头上的中年发辫全都染成棕色。
她斜眼瞪视我们，充满敌意，像只豹猫
随时要跃起攻击。

最终，随着庄严的祷告用餐结束，
我们到花园漫步，那里
有人边走边琅琅诵读；
有人一手拿书要读，
一手轻抚宠爱的孔雀使之安静；

有人唱着小曲划着小船而过，
或者藏于石桥桥洞下躲避酷热；
有人在橙黄色的灌木丛里捉迷藏；
有人往喷泉的喷口扔球，
球弹回来哈哈大笑。
其他人躺在草坪上，年纪稍大，
喃喃说着她们的少女时代已过，
学习的意义何在？
她们希望结婚，
她们可以料理一所房子，
可是男人讨厌有学识的女人。
我们三人闷声坐着，
像命运三女神；
梅丽莎不时对我们看到的一切
进行温和的讥诮，但近乎宽容，
无甚妨害。后来夕阳西下，
教堂的钟声召唤着我们。

离开步道，在墙与墙之间的两排灯光之前，

我们加入六百个身着纯白衣裳的少女队伍。

大风琴响起，几乎吹爆音管，

哼哼着炫耀权力，突然一阵

悠长悦耳而又庄严的唱诗歌声

以及清越的祷文响彻殿堂。

这是艾达公主的杰作，祈求上天祝福

她为这个世界所付出的努力。

---

[1] 希腊和罗马神话中的美惠三女神。

[2] 鲁特琴，一种曲颈拨弦乐器。

[3] 指土耳其苏丹宫中的宫女。

[4] 安纳托利亚历史上的一个地区，在今土耳其境内。

[5] 古色雷斯王后。

[6] 奥勒留，罗马帝国皇帝，公元 270—公元 275 年在位，收复了罗马帝国曾经失去的三分之二的疆域，最后被暗杀。

[7] 罗马帝国早期的著名贵族妇女，皇帝卡利古拉的母亲。她在提比略统治期间的权力斗争中颇有影响。

[8] 名字同希腊神话中美惠三女神之一，意思是灿烂。

[9] 希腊神话里全女性的族群，尚武好斗，活跃在黑海边的草原撒玛利亚一带（今乌克兰境内），经常以英勇无畏的女战士形象出现。

[10] 利西亚，小亚细亚西南部临地中海一古国名，罗马帝国时期在亚洲的一个行省。传说此地人们遵循母系氏族社会体系，子女沿袭的是母亲的姓氏。利西亚人勇敢善战，性情刚直不屈。

[11] 原文中的 Lar 和 Lucumo 指古伊特鲁里亚（今意大利中西部地区）联盟的统治者。伊特鲁里亚人尊重女性，提倡男女平等。

[12] 萨利克法典，产生于公元 6 世纪初，发源于法兰克人萨利克部族中通行的各种习惯法，是查理曼帝国法律的基础。萨利克法典中有一章规定女性后裔无继承权。

[13] 穆罕默德，伊斯兰教创始人。

[14] 卡菲尔人，南非的原始部落。

[15] 霍屯督人，南部非洲土著人，游牧民族。

[16] 维鲁拉姆男爵，即弗朗西斯·培根（公元 1561—公元 1626），英国文艺复兴时期著名的思想家和散文家。

[17] 萨福，生活于公元前 6 世纪前后的古希腊著名女诗人。

[18] 希腊神话中半人半鸟的海妖。她们用美妙的歌声诱惑航海者，使船只触礁沉没。

[19] 斯巴达妇女勇敢并且坚强，母亲送儿子上战场时，会给他一个盾牌，说："要么拿着（指胜利），要么躺在上面（指光荣战死）。"

[20] 罗马共和国的第一任执政官。为了捍卫罗马的共和制，杀死了自己的两个儿子（因参与叛乱）。

[21] 希腊神话阿尔戈斯国王达那俄斯的女儿（共50名），除了1人，其余49人都尊父命杀了新婚丈夫，死后被罚给无底的（一说是漏水的）瓮灌水，注满为止（当然是不可能的）。

[22] 阿斯帕齐娅（公元前470—公元前400），古希腊雅典的高等妓女，政治家伯里克利的情妇，以智慧和美貌著称。

[23] 示巴女王，《圣经》中的异国君王，仰慕以色列的所罗门国王并前往拜会，见面时故意提出一些难题以测验其智慧。

[24] 希腊神话中掌管正义的女神。

歌

♫

甜蜜又低沉，甜蜜又低沉，

西海的风

甜蜜又低沉，甜蜜又低沉，

西海的风；

低沉，低沉，喘息又大风刮起，

西海的风！

海面波涛汹涌，

行将消逝的月亮来了又走。大风刮起，

把他吹还给我。

我的小宝贝，我甜甜的宝贝，入眠的时候。

睡吧，睡吧，

爸爸很快就来陪伴你；

睡吧，睡吧，在妈妈的怀里，

爸爸很快就来陪伴你，

爸爸要来小窝窝陪伴你。

银色的月光照耀着

西海水面点点银色风帆；

睡吧，我的小宝贝；睡吧，我甜甜的宝贝，睡吧。

第三卷

鸽会讨论鸽，但我是一头雄鹰，
要和翱翔天空的鹰一起啸叫。
我的公主，哦，我的公主！
她是有错，但错得辉煌。

晨星渐隐，东方破晓，

曙光把天边染成一片金色。

我们起了床，彼此帮忙小心穿好衣裳。

宫殿外依然黯淡微茫；

然而阴影之上，东方晨光

已把缪斯诸女神的头像照亮。

我们站在喷泉之侧看水流喷涌，

梅丽莎来了，或由于睡眠不足，一脸倦容，

或者由于前晚悲伤流泪，

一双明眸四周微微泛红。

“快逃吧，”她叫道，“哦，快逃吧，趁现在还有机会！

我母亲知道真相啦。”我问她：“她如何得知？”

“是我的错，”她哭着说，“是我的错！但又不是我。

可是我也有错。哦，听我说，原谅我。

我母亲，夜复一夜都在抱怨

普赛克夫人及其左右。

她说公主本就应该是头，

而她和普赛克夫人则是左膀右臂，

她们一到此地就达成了协议。

但普赛克夫人现在成了得力助手，

而她却变成副手，也许还不是，几乎很少用得着她。

她对超过半数以上的学生满满的都是爱。

所以昨晚她开始痛斥你们——

她的同胞她并不羡慕。

‘谁见过如此粗鲁的野蛮人？

姑娘？——更像男人！’听到这里，我的秘密，

蛇一般，似乎在我的胸膛里搅动；

哦，先生们，尽管我控制得住，但我脸上开始发烧，

越来越红；而她锐利的目光

盯视着我，让我更加坐立不安。后来她笑了：

‘哦，你是个多么谦逊的姑娘啊！

男人！姑娘们，就像男人！嘿，如果她们是男人，

你就不用按规则思考啦，

就可以一概而论了。’对不起，我很羞愧，

我不得不重复解释我那

不得体的借口。‘男人’，

我母亲仍然不断重复这个词，

‘她们确实是——真的非常像男人——

和那个女人关在一起谈了好几个小时！’

然后我就听到下面可怕的一字一顿：

‘啊——这几个——真的——是男人！’我战战兢兢。

‘你早就知道。’‘哦，别问我，’我说。

‘那她也知道了，还隐而不报。’

所以我母亲马上就知道真相了，

但并非是我亲口告诉她的。

今天一大早她就起床，跑去报告公主了。

普赛克夫人肯定会被打击，
但你们还有逃生的机会，所以赶紧跑吧，
可是走之前请一定原谅我，让我心安。”

“可爱的梅丽莎，你脸红为何要原谅？”
西里尔说，“苍白复脸红，
与其像百合一样苍白，不如红着脸看我们丧命。
但是让我们在天堂多呼吸一小时吧。”
他补充道：“以免某个天使讥刺我们：
‘伽倪墨得斯[1]，他们上天来啦；
伍尔坎[2]，明早把他们扔下去！’
但我要去把这石头融化成蜡，
以便给我们多一些假期。”
说完，他就走了出去。

梅丽莎疑惑地摇摇她的卷发，
觉得他几乎不可能成功。“告诉我们，”弗洛里安问，

“左膀右臂之间的恩怨是怎么回事？”

“哦，很久以前，”她说，“两方就已经

埋下不满的种子。是我母亲，

嫉妒心强，经常像风吹裂隙般

为小事发狂，我受够她了。

我从来不知道我父亲是谁，但她说，

上帝保佑她，她嫁给了一个傻瓜。

现在依然抱怨这件事情。

艾达小姐小时候都由她照顾，

女王去世后是她把公主抚养成人。

但你姐姐来了之后就赢得了艾达的心。

她们总是待在一起，

她们自己都这么说，亲密无间地一起成长，

犹如和谐的琴弦同为一个音调奏响，

凡事同心同德。

而我母亲就是认定你的普赛克窃取了她的理论，

与她们一起谋求她学生的爱戴。

她称普赛克为剽窃者，我知道不是这么回事，
但我得走了，我不敢久留。”
接着，她就像鸟儿的影子一样，迅速离开了。

弗洛里安目送她离开，喃喃说道：
“多么坦诚的姑娘，真诚又纯洁。
如果我能爱，为何不能是她呢？
她之前脸红是多么漂亮，今又脸色照样迷人，
仿佛与西里尔随意的许愿一拍即合。
不像公主殿下的傲慢充满错误，
也不像可怜的普赛克牢牢受制于她。”

“鹤，”我说，“会讨论鹤，
鸽会讨论鸽，但我是一头雄鹰，
要和翱翔天空的鹰一起啸叫。
我的公主，哦，我的公主！
她是有错，但错得辉煌。

做她自己比六十个男人还要高贵三倍。

她从其他女人身上看到自己，

所以把错误像王冠一样戴在头上，

以掩盖真相并蒙蔽我。为了她，为了她，

他们就是递送仙果[3]和调制仙酒[4]的赫柏[5]，

但是——啊，她——无论何时，她去往何处，

都如萨摩斯岛的赫拉[6]站立，

她说话就如为朝阳着迷的门农[7]。”

说着，我们离开宫殿，

朝北一直往前，沿路是层层梯田，

登高扶栏远眺，下面是一片紫色的原野，

风起阵阵，树叶哗哗作响，

其间玫瑰无数，竞相争艳，

美不胜收，芳香扑鼻。

西里尔追上我们，打着哈欠。

“啊，艰巨的任务！”他叫道，

“这里毫无战斗的迹象！我可是费了九牛二虎之力

才闯进那座坚固的房子。

与其和这位令人尊敬的淑女作战，

不如去开垦原始丛林，辛勤劳作一番，

好在夏至到来之前开辟一条大路。

我敲了门，得到许可才走进房间，

她正准备出去，眼含不满，

似乎怒气就要爆发。

殿下，我可是彬彬有礼，字斟句酌，

尽男士之所能。我乞求她宽宏大量，

原谅我们隐瞒真相。她质问我们是谁，

为何来此？我没有天花乱坠，瞎编谎话，

而是以您为榜样，告她以实情。

她听得目瞪口呆，惊讶不已，

但当我提到您的婚约时，

她厉声指责我话里有误。

我又恳切谈及大门上令人望而生畏的铭文，

还有我们三人的性命。的确，我们是作茧自缚，

我们必须抓住这个机会；

但是我告诉她，这样的极端行为

很可能会破坏公主的事业。

‘现在更多的是，’她说，

‘私心偏袒，瞎忙一通。’

我试问这位母亲，

梅丽莎知情不报，是否将会蒙羞。

她回答：‘我会处理这件事。’

我说战争一旦爆发就会有众多死亡，

她回答说，她的职责是实话实说，

职责，职责，不管结果如何。

我有点灰心丧气，殿下，

但是我知道水滴石穿，

多多乞求，铁石心肠也会软化的。

我又开始说：‘请您三思再做决定。

您在此是二把手，

有人说位次第三，但您可是真正的创始人。

我斗胆提供条件——让您坐首位，

请对我们的到来视而不见，

助我王子娶得如意美眷。我郑重承诺，

您在我国将有自己的宫殿，

可以主宰那里所有美丽姑娘的头脑和心灵，

您的美名远扬，流芳百世。'

还好，她权衡片刻，

告诉我今天之内会回复我们，

随后便一言不发。

我能争取到的就这些啦。"

他停顿一下，忆起一条消息：

"下午公主骑马去

北部区域考察地形。

我们是否同行？

我们得找一处宜人之地，

远望河流落差要大。"

接着他指向前方，越过绿树成荫的山谷，

有座双峰小山

沿着车辙纵横的岔路口往上延伸。

我们一致同意。时光飞逝，

转眼已到指定时辰，

我们被传唤至门廊。

她立于女伴之中，高出一头，

背倚柱子，脚踏在温顺豹子的身上。

它像小猫一样打滚，

爪子抓住她的凉鞋。

我靠上前，仔细凝望。

突然间，我怪病发作了，

眼前出现奇怪的房子幻象。

艾达公主似乎是一团空虚的假象，

皮毛华丽的大猫是一幅奇幻的画像，

她的大学和女伴们都是空洞的面具。

我自己则是梦幻的影子，

一切真真假假，难以辨别，

但我能感觉心跳加速，胸中充满激情和敬畏。

她转头望向我，不由让我发出叹息，

那眼光令我几欲下跪，乱我脉搏。

直到我们上马，

一众随行，浩浩荡荡，溯河而上，

越往山上，河道也越来越窄。

我骑在她旁边，她对我说：

“啊，朋友。我们相信你不会认为

昨天早上我们对你的同伴太苛刻了吧。

我们也是言不由衷啊。”

“不会——对她不会的，”我回答道，

“但对其中一位，公主殿下，

似乎的确如此。”

“你说什么？”她喊道，“你们是他特派来的吗？

尽管有点奇怪，我们依然颁给你们通行证。

说出来吧，然后永不再提这个话题。”

我结结巴巴地说：“最好另行认识他——本来希望——

我们的国王希望——不是有婚约吗？

没有比这更诚心诚意的了——啊，

您看起来正如他预想中完美，

他见到南迁的飞鸟就渴望能随之同行。

当然，如果殿下一意孤行，你会把他吓死，

或者更甚，他会成为一个绝望的孩子。”

“可怜的孩子，”她说，“他不能看书吗，难道没书读？
或者玩掷环、网球、棒球，难道没有这些比赛？
就不能做些男人喜欢的正事吗，比如武术训练？
若只会守着盲目的理想，
我觉得他就像个女孩没出息，
就像过去的女孩一般。我们也曾经那样，
我们也有梦想，他或可与她们共处。
我们虽自我僵化，但并不回避，
做个他者——因为我们在此明白了自身的意义，
要重拾女人曾经失去的神性，
与男人平起平坐。”

她稍作停顿，带着更高傲的微笑补充道：
“至于婚约呢，我们不听男人的召唤，
我的朋友，我们行动自由，只在乎我们自己和你自己。

啊，瓦实提[8]，高贵的瓦实提！召唤不出，
她保持自尊，让醉酒的国王
在苏萨城[9]的棕榈树下独自发火。”

“啊，殿下您名满东方，”我说，
“人们慕名而来。我了解王子，
我珍视他的真诚。
斥责未来的王位继承人可是工程浩大！
您给我通行证，我会用吗？想想吧，
也许您的伟业尚未完成一半，
您可能就已殒命。
软弱的继承人将延续您的计划，
占了位却毁了一切。您的痛苦
也许只是沙地上留下的足迹，
周而复始的古老偏见之潮
轻易就能将它抹平，不复存在。
我担心，您一生若非为配偶留美名，

为子女传事迹，便是苟活世上。

错过爱情、孩子和幸福，

每个女人都视之为应得的权利。”

她惊呼：

“安静！你这个北方蛮荒之地的野小子。

荒唐！你王子的爱如上帝之爱，

难道我们就没有好好敬献上苍吗？

你太放肆了，还没人敢如此跟我们说话，

既然你提及孩子，难道要让他们野花般

放任生长吗？

我也爱孩子，但他们终将死去。

我告诉你，姑娘，

不管你如何胡言乱语，

丰功伟业必将与日月同辉，永垂青史，

祝福那些关注他们的人。

孩子们，男人也许会把他们从我们心中取走，用怜悯杀死我们，让我们自己分崩离析！

哦——孩子们——世上没什么比女人

眼看儿子犯错更痛苦的事了。

我们也非为虚名而努力，

尽管她可能收获如潮的掌声。

她一旦找到那个支点，

后来人就可能撬动整个世界，

而她个人的影响也许微不足道。

因此振作起来，付诸行动，不要退缩，

无须害怕我们坚定的目标

会因软弱的后来人消散。

事实上，我们已经替代了众多凡夫俗子，

成为世上的伟大一族。

我们将流芳百世，

我们的事业必将成功，

沙地上的足迹必将印入磐石。”

我没有回答，

诗人公主拥有奇异而辉煌的想象力，

我怀疑自己根本讲不过她。

她突然开口，道出了我的想法：

“毋庸置疑，在你看来，我们是一种怪物，

我们已习以为常。

当前的压制比南方的海岛禁忌更甚，

女人只是深居内院的小矮人。

内心企盼仍以失败告终的她们不知道，

也想不到，其境遇于我们则是莫大的福利。

我们若能为她们提供更可靠更迅速的证据，

哦，如果我们的目标

因动作太慢不易实现，

需要我们牺牲生命或迎接任何形式的死亡。

我们言出必行，将立即跳起，迎战长矛，

或跃入火光熊熊的深谷，

为我们亲爱的姐妹努力争取自由。”

她弯下腰似乎为了遮掩高贵的泪水。

我们继续前行至一斜坡，

河流于此形成一大瀑布腾空而下，

水帘悬挂，轰然下坠，

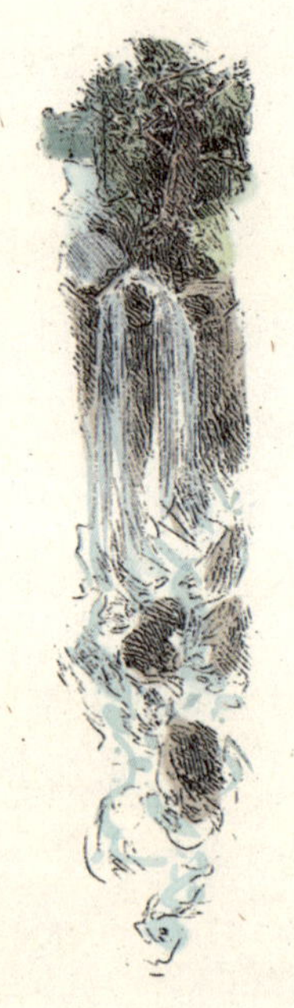

落在黑色岩石上银珠飞溅。

往上，它声震丛林，绚丽多彩，

往下，可见硕大的动物遗骸突出，

它们史前就在地球上生存和咆哮了。

她凝视了一会儿，说：

“正如这些原始遗骸，我们将来亦是如此。”

“我们可否斗胆梦想一下那种情形，”我问，

“它锤炼我们，既做它的工人又是它的产品，

却更行之有效？”

“怎么，”她叫道，“你居然如此热爱玄学！

多阅读就能赢得我们的奖励——金胸针。

狄奥提玛[10]端坐翠绿的悬铃木下，

教导那位后来死于毒芹汁的弟子[11]。

此乃我们精心设计的礼物，锻造生命——

她全神贯注授课，他一心一意听讲，

因为我们让所有人都有学可上。”

“可是，”我说，

“据我看来，这些学校还没有开设解剖课。”

“不，我们想过开设。”她回答说，

“但我们觉得不舒服。事实上，

想起姑娘们要学残暴的男人把活生生的小狗切开，

我们就战战兢兢，

还给它填满致命的碎片，

或置于毁灭性的黑暗心灵深处。

人类这个宇宙缩影的神圣秘密，

用可耻的玩笑溅湿无耻的手，

使他们的灵魂世俗化。

然而，我们明白知识就是知识，

故而这件事暂未做决议。

尽管我们预见到必有伤亡，

也不情愿有男人加入。

来此之前数月我们学了疗伤方法，真的很累。

你如果生病，我们就会照顾你。

现在回答你的问题，

说到工人和他的产品，

要有光，于是就有了光[12]，正是如此。

因为过去，现在，将来，莫不如此，

所有的造物均是出于一个行动——

光的诞生。我们并非全部，

作为部分，只能看到部分，

现在这样，现在那样，

并活在思想与思想的变换之中，

从而一个行动变成了系列的幻影。

因此我们的弱点多少塑造了阴影，亦即时光。

即便在阴影中，我们也会努力，

为女性创造更加完美的明天。”

她眼里闪着光芒说道：

“我们往前再骑一里格[13]路，

在松木桥的岔路口，

可望见悬崖下的平地上鲜花盛开，

风景美不胜收。”

“啊，太妙啦！”我说，

“能与爱我们的人在此逗留。”

“是啊，”她回答道，

“或是与激发奇思妙想的精妙哲学一道。

因为这片原野的确风景秀丽，

犹如极乐世界的草坪[14]那般优美；

那里有昔日的半神英雄[15]悠然漫步，

柔和的白雾缭绕着高耸入云的塔楼。”

然后，她转向女仆们：

“就在此处安营扎寨，

并备好美食。”

随即，她们就支好一个缎子帐篷，

制作精美犹如科琳娜[16]的成功杰作。

她像女征服者一般站在那儿，

周围一众少女，面色红润。

女人——征服了万首颂诗中留胡须的胜利者，

所有人都在他身边哀悼。

我们开始往上爬，

西里尔跟在普赛克后面，弗洛里安跟着梅丽莎，

我跟着与我订婚的那位。

纤纤素手如缕缕阳光映石，熠熠生辉，

轻盈玉足像串串明珠照亮昏暗的峭壁。

然后我们转弯，进进出出，

蜿蜒穿梭于崖壁和矮林之中。

我们敲敲打打，谈论着石头的名称：

页岩和角闪石，硬质岩、暗色岩和凝灰岩，

杏仁岩和粗面岩……

直至夕阳西下，日暮将近，

眼前终于出现玫瑰盛开的高地。

---

[1] 希腊神话中的美少年，特洛伊王子，宙斯把他带到奥林匹斯山，封为侍酒金童。

[2] 罗马神话中的火与锻冶之神，脾气暴躁，为众神之首朱庇特制造了霹雳闪电。

[3] 神食用的珍馐美味，有长生不老功效的仙馐。

[4] 神喝的酒，琼浆玉液。

[5] 希腊神话中的青春和春天女神，宙斯和赫拉的女儿，神界的斟酒女神。

[6] 希腊神话中的天后赫拉，主神宙斯之妻，掌管婚姻和生育，是妇女的保护神。

[7] 指埃及底比斯附近阿蒙霍特普三世神殿前的巨大石像，据说日出时太阳照在石像上会发出竖琴声，经公元 170 年罗马皇帝塞维鲁修复后就不再发声了。

[8] 瓦实提，《圣经·旧约》中波斯国王亚哈随鲁的

美貌妻子，在国王登基第三年大宴宾客之际，拒不应召出席，令王蒙羞而后位被废。

[9] 苏萨，指两河流域东部奴隶制国家埃兰的古城，波斯帝国首都，位于今伊朗西南部胡泽斯坦省。

[10] 古希腊女祭司，苏格拉底的导师，教导他有关爱的知识。

[11] 苏格拉底（公元前 469—公元前 399），古希腊著名的哲学家。苏格拉底被雅典法庭以侮辱雅典神、引进新神论和腐蚀雅典青年思想之罪名判处死刑，最后选择饮下毒芹汁而死。

[12] 见《圣经》之《创世纪》第一章。原文是："上帝说要有光，于是就有了光。"

[13] 旧时长度单位，1 里格约等于 3 英里或 5 千米。

[14] 希腊神话中英雄人物及好人死后所住的极乐世界。

[15] 半神半人，指神和人所生的后代，如希腊神话中的英雄珀耳修斯和赫拉克勒斯。

[16] 科琳娜，生活于公元前 5 世纪至公元前 3 世纪，古希腊伟大的抒情女诗人。

歌

♫

古堡的城墙高大雄伟，

雪峰之巅诉说远古的故事。

城墙洒满壮丽与辉煌，

雪峰亘古如故事传奇。

湖面长长的波光荡漾，

狂野瀑布与荣耀舞起。

号角齐鸣，回声飞驰，

号角齐鸣，回声在消逝，消逝，消逝。

听吧，那声音尖细又清晰，

更尖细，更清晰，遁向远方！

远处的悬崖与峭壁回声甜蜜，

犹如仙境之号角轻轻地吹响！

吹吧，让我们倾听这紫色山谷的回对，

号角齐鸣，回声在消逝，消逝，消逝。

噢，爱人，它们消逝于那绚丽的天空，

渐微于山川田野和江河。

我们彼此的心声灵犀相通，

此声长青永不消停。

号角齐鸣，回声飞驰，

号角齐鸣，回声在消逝，消逝，消逝。

第四卷

一曲唱罢，她深情难抑，
就如歌中所唱，竟也泪水涟涟，
珠玉般滑落怀中。

“我们称之为太阳的星云恒星西沉了，

如果他们的假设站得住脚的话。”

艾达说，

“我们下去休息吧。”

我们从贫瘠又褶皱的峭壁下来，

攀着每一处矮林覆盖的裂口和缝隙，

似乎从仙境下到凡间，

萤火虫般的灯光在营帐内闪闪发光。

有次她倚靠着我往下爬，

还有一两次伸手给我，

令我血脉贲张，充满幸福，

突然间心潮起伏，喜不自胜。

终于我们平稳落地，

进入缎子营帐，

我们斜倚刺绣毯子，以肘支地，

中央的三脚架上燃着一盆火焰，令人愉悦。

面前摆满各种东西，琳琅满目：

水果，鲜花，琥珀酒和黄金饰品。

她说：“令人唱歌来听，

有音乐相伴，时光轻松愉快。”

她身边众女子中有一位开始抚琴放歌：

“泪水，莫名的泪水，我不知它是何意，

神圣的绝望深处流下的泪水，

在心底涌起，汇集双目，
眼望幸福的秋田，
思忆往昔已经不再。

“清新如第一束光照射风帆，熠熠闪光，
它把我们的朋友从社会底层带出。
悲伤如最后一抹夕阳的余晖，
将我们所爱之人带沉西边，
如此悲伤，如此清新，往昔已经不再。

“啊，悲伤和奇怪如夏季黎明的昏暗，
初醒的鸟儿开始鸣叫。
垂死者充耳不闻，眼中的窗户
则渐渐放大，幻成闪光的方形。
如此悲伤，如此奇怪，往昔已经不再。

“甜蜜如死后犹记之吻，

甘美如寄无望之想于

别人唇上；情爱深深，

深如初恋，心怀诸多遗憾而发狂，

哦，生命消亡，往昔已经不再。”

一曲唱罢，她深情难抑，

就如歌中所唱，竟也泪水涟涟，

珠玉般滑落怀中。

公主稍显鄙夷地说：

“歌声如此甜腻，对男人是致命的诱惑，

昔日破败屋舍若有如此靡靡之音萦绕，

我们定得以羊毛塞耳，快速通过。

你的歌曲出自安逸怠惰的幻想，

你也不宜为逝去的真情实景而悲泣，

而要重整风帆，跟过去告别。

所有人都乘舟而下，为共同的目标奋斗，

如座座冰山闪耀光芒，

朝朝代代，融于荒野，合力一处。

我们目标明确，一切努力都是

为了达成男女同权的明天。

我也不想与铁律抗争，

最终发现那是金贵无比。

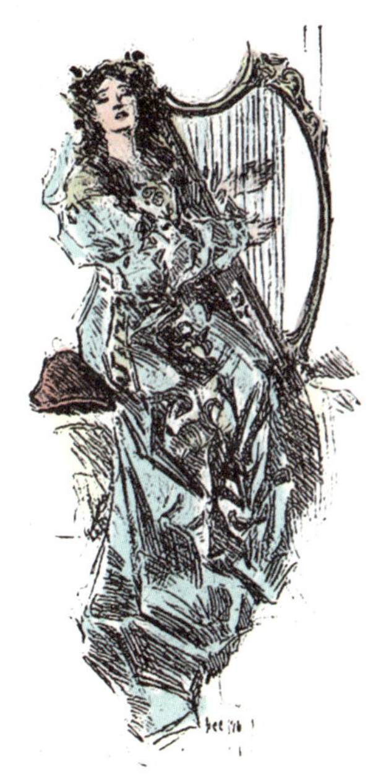

过去的就让它过去吧，

让其取消修建的巴别塔继续存在。

尽管粗硬的干茎能打碎闪亮的马赛克，

长矛上悬挂长须飘飘的山羊，

无花果树让可怕的神像裂开。

不要在意，

远处的号角传来佳音，

希望如翱翔的雄鹰，

在尚未升起的明日上空燃起。”

然后她转向我，

“不知贵国的歌谣如何，”她问，

“不是悲叹昔日已逝的那种，

而是歌唱远方和坚定的希望，

不是酒里的骷髅令人扫兴。”

我记得自己写过一首歌，

彼时见燕子从故土展翅南飞，

部分是很久以前写的，

部分是边唱边即兴创作，

我尽可能模仿女人的高音，放声歌唱：

“燕子，燕子，飞吧，飞向南方，

飞向她，落在她镀金的屋檐上，

告诉她，告诉她我对你说的话。

“告诉她，燕子，你无人不知，

南方人聪明、勇猛又善良，

北方人阴郁、真诚而温柔。

“啊，燕子，燕子，我若能跟上你，

落在她的格子窗前，我将婉转啁啾，

用美妙歌喉唱上两千万个爱。

“我愿化成你，也许会被她收留，
躺入她的怀抱，她的心跳
将轻轻摇晃雪白的摇篮，直到我死。

“当满山丛林都已变绿，
她却为何迟迟不给心扉披上爱的衣裳，
就像柔和的梣木迟迟才换上绿装？

“哦，告诉她，燕子，你的孩子都已远飞，
告诉她，我的确喜欢在南方肆意欢闹，
但在北方我的巢穴早已筑就。

“告诉她，人生短暂，但爱情绵长，
北方夏日短暂，
南方皓月不长。

“燕子啊，飞出金色的林子，

飞向她，向她放歌求爱，请她嫁给我，
告诉她，告诉她，我就紧随你后。”

我唱罢，所有的女士，
犹如古时的伊萨卡求婚者[1]，
面面相觑，咧嘴大笑，
却不知道所笑何物，因为我始终用假音歌唱。
公主微笑着说：“不是指你吧，”接着又说道：
“哦，诗人，玫瑰花园中的任何一朵
都能绽开她的面纱。姑娘啊，
沼泽地里的潜鸟才会称你为姐妹，
草场的秧鸡才会在草丛中啄伤刻薄的族类。
这不过是一首情诗而已！哦，我的朋友，
不要太往心里去，
它们不过提醒我们时光已逝，
彼时我们还在埃及制作砖头。
男人都是骗子，

弹琴吹号营造温柔幻境，

让受害者衣装楚楚踏上祭台，

把地狱的大门画成天堂，

愚弄奴隶以推行暴政。

可怜的灵魂！我有过一个可敬的侍女，

她真心为男人哭瞎眼睛，

一个惯唱小调和夜曲的无赖。

我太爱她了。愿她安息。她已经死了。

他们亵渎了缪斯女神！

致力于伟大目标的诗歌才是好诗歌，

我们也经常吟唱瓦尔基里[2]颂诗，

在优美的旋律中感知女先知的激情。

歌颂自由、力量和心灵的成长

比颂唱宴乐和爱情流传更久远。

这是爱情吗？这份假爱情，

这个假许门[3]就像冬日的蝙蝠倒挂吗？

直至所有男人开始评估我们的价值，

无奴隶可打，亦无漂亮娇娃可逗乐，
啥也没有，只有真实的意愿
以及完整的自我，我们谁也不欠。
够了！
现在稍作调整，
能否唱首关于贵国真实发展，
反映你们女同胞们举止风范的歌谣？”

她说着，回首望我，尽显雍容华贵，
眼里闪着希冀。
我绞尽脑汁仔细思量此类歌曲，
西里尔因为敞口杯中美酒的作用，
或是娱乐感觉的刺激，
开始鲁莽地唱起酒肆歌谣《摩尔和梅格》[4]，
这可是女士们闻所未闻的奇怪经历。
弗洛里安冲他点头示意，
我也蹙起眉头。

普赛克脸色通红又变成苍白，

身子也颤抖起来，

纯洁如百合的梅丽莎垂下眼睑不敢看。

“停下！”公主喊道。

我也叫道：“停下，先生！”

心中又怒又爱，我朝他胸口捶了一拳，

他吓了一跳。

随即传来一声尖叫，似乎城市遭劫一般。

梅丽莎喊道：“快逃！”

“快上马，”艾达说，

“回家！上马！”她们瞬间一窝蜂逃之夭夭。

犹如有人重敲鸽舍的门，

一群白鸽被吓飞向黄昏的天空。

帐子就剩我们仨站着，

我和弗洛里安斥责西里尔，心烦意乱。

她们从我身旁经过就像与希望告别，

蹄声复蹄声，声声敲响我希望的丧钟，

哒哒声响彻整座桥。接着又传来一声尖叫：

“头儿，头儿，公主，哦，头儿！”

原来她气昏了头，结果没踩到木板，

滚到河里去了。我冲出去从岸上跃入水中，

只见她的白色长袍像绽放的花枝，

在可怕的瀑布冲击下打着转儿。

我只望了一眼就没法再看。

我跳下时着女装，洪水一下就卷住了我，

但我还是抓住她了。

然后右胳膊划水，左手紧握

承载了半个世界希望的重量，

奋力朝岸上游去，但却徒劳无功。

有棵树几乎已被连根拔起，树身弯曲，

树梢浸在河道中央的汩汩浪花中。

我拼命使劲，抓住大树，

紧攀树枝，我们终于上了岸。

她的侍女们影影绰绰立在岸边，

有人伸手接过我身上重物，

她们齐呼：“她还活着！”

她们把她抬回帐篷，

但我，心中羞愧，无颜见她，

况且还要找我那两个朋友，

只好独自步行跨越森林

就像蜜蜂能轻易找到蜂巢，

我最终找到了花园入口。

两尊宏伟的女像柱，艺术和科学的雕塑，
撑起整个徽标，中间两道镂雕活门，
刻的是猎人后悔私闯禁地[5]，是个男人模样，
但眉毛已经展开，眉梢全部朝上散开形成尖刺，
严厉地守着大门。

只有头上的两角之间留有一点缝隙，
我费劲地从那儿爬到顶上，
再跳到草地，走上椴木漫道。
我的思绪万变，莫衷一是，
时而盯着萤火虫沉思，时而对着星星。
我顺着排屋前行，直到大熊带着七个慢恒星[6]
穿过一个大拱顶。
突然传来细微的脚步声，
接着是一个比女人高大的身影。
穿行在昏暗中，我顿生疑虑：
“万一是她？”

但那人是弗洛里安。

“嘘，嘘，”他说，

“她们在抓我们，这么晚外出是违规的。

而且她们一直在喊：‘抓住陌生人！’

您怎么来的？”我把情况告诉他。

他说：“我跟在队伍后面，

像一个道德上的麻风病人，

谁也不和我说话，心里带着愧疚又回来了。

其他人都困惑不解，

我以兜帽半遮脸，溜进大厅，

躲在犹滴[7]像后，

下面荷罗孚尼[8]的头像窥视着我。

一个接一个的女孩被叫来审问，

均否认认识我们。

最后是梅丽莎，相信我，先生，我真的可怜她。

当被问及是否认识我们，她一开始保持沉默，

当被进一步逼问时，她不再否认，

然后问其母或普赛克是否知情，
她不再坚定，或予以否认。
公主对她非常了解，
轻易推断其中一人定然有罪。
她派人去寻普赛克不得，
命人将普赛克的孩子扔出门外。
又派人叫布兰奇来当面质问，
我就溜了出来。您现在要去哪儿呢？
普赛克和西里尔在哪儿？两人都逃了。
万一在一起呢？那可不好办。
宁愿我们从来没有来过这儿！
我担心他的狂野，也担忧黑暗中是否还有机会。”

“可是，”我说，“你冤枉他比我打击他更甚，
这对小丑来说很正常。
无论穿罩衣，皮衣还是紫袍，仍然是小丑，
伤害信任他的人，令他所爱之人蒙羞。

对西里尔而言，不论他如何嬉戏打闹，

就如今晚这般——也许还有更粗俗的人，

不可饶恕地唱出更糟糕的歌谣。

我认为这并非他的本意，

不过是逢场作戏罢了。

他本性善良坚定，

然而就如睡莲一般，虽根底扎实，

可是清风徐来也不免在水面轻移，

这就是他。”

我话音刚落，两个学监从附近的红柳树上跳下，

喝问道：“报上姓名！”

他站着不动，就被抓了。

我撒腿就跑，穿行在麝香环绕的迷宫中，

绕着大树来回转圈，

挨着喷泉追逐。

我脚下生风，眼前玫瑰花瓣缤纷，

身后是气喘吁吁的追赶者。

夜莺声声却无暇顾及，

心中窃喜，暗自发笑。

后来我脚踝绊住藤蔓，

犹如摩涅莫辛涅[9]的脚被抓住，

我扑面摔倒被擒，一时间人人皆知。

她们将我们扭送公主面前，她高坐厅堂上。

头上悬着一盏灯，眉头一枚宝石闪闪发亮，

像桅杆上燃烧的神秘之火，

预示着风暴逼近。

两边侍女朝她鞠躬，

帮她梳理被河水打湿的乌黑秀发。

身后站着八个比男人还壮实的农家女子，

身材高大，红扑扑的脸庞透着健康，

见证了风雨和劳作。

她们个个都像德鲁伊特巨石[10]，

或像一块块裂分出的悬崖尖顶屹立着，
正悲伤地诉说着什么。

我们一到，人群从中分开，
现出一条通道直达王座。
旁边地上躺着百合花般纯洁的孩子，
半裸着身，好像刚从床上爬起，
又跌倒在紫色地毯上。
左边跪着梅丽莎，自知犯错，
双手掩面而泣，圆白玉肩不住抖颤。
但布兰奇夫人却毅然挺立说着话，
仿佛一个滔滔不绝的演说家。

“哦，公主，过去并非如此。
您珍视我的建议，对我言听计从，
彼时我指引您饮遍卡斯塔利亚圣泉[11]，
我以缪斯之乳哺育您，

我像爱这个跪着的女孩一样爱您，

您也深深爱我，视我如第二个母亲。

那真是甜美时光。

然后您的新朋友来了，您开始改变——

我看在眼里悲在心中——变得懈怠且冷酷。

她表现坦诚得到您赏识，

您对她青睐有加，对我则冷若冰霜，

这就是我倾尽所有而得到的回报。

我并未气馁，因为我们曾情同骨肉，

因为我要赢回您的信任，

因为觉得自己德才兼备，

因为您是我们的领袖，

尤其是您本就是为伟业而生，

而我则是您的忠实伙伴。

这样我们很早之前播下的崇高计划

就能生根发芽，茁壮成长，

而非约拿的葫芦藤[12]，朝生暮死。

我们拥有了这座宫殿，

一开始您就才华横溢、光芒照人，

令我黯然失色。

为何学生前来求学，您只推荐普赛克夫人，

她比我小，也不如我睿智，

还是外国人；而我是您的同胞，

您久经考验的老朋友，

而她是新来乍到，人生地疏。

她的名单不断扩大，我的则在缩减，

然而我还是不气馁，希望她能为人所知。

后来这些恶狼就来了，他们认识她，

昨天早上他们留下来，

长时间和她在房间里谈论。

以实情告之，

她是听到了，却无人告诉我。

但是我目光锐利，时刻守护大众福祉，

昨晚他们伪装暴露，我欲前来汇报，

又恐您冷眼相待，会对我说：

‘多谢，我们还是听听普赛克夫人怎么说吧。’

您去过她那儿，她必定告诉您了，

并轻松赢得您的谅解。

只有这些幼稚无知的年轻人还蒙在鼓里，

而我的诚心诚意、满腔热情，

却被当做别有用心，

以为我是急不可耐要排除异己，夺位争权。

大众福祉要求她必须为人所知，

而我曾发誓要为大家的幸福尽心尽职，

因此并未墨守成规以保全其意义。

起初我并未声张，只是仔细观察他们，

见其保持距离，并未作恶。

然而今天（尽管您会因此恨我）

等我来此禀报，发现您已出发，

骑马上山，她也一样。

现在，我想她肯定会开口承认，

如果不说，就我来说。

她说了吗？我听说这些怪物乔装打扮，

掩饰他们族类的粗俗举止。

直至真相大白，

我猜她定是羞愧难当，故而跑走。

我留下让您发泄怒气，

我过去倾尽全力支持您的事业，

把健康、财富、年华和才智都耗费在此。

我，您知道，我一点都不浮夸。

您辞退我吧，我敢预言：

若无我的经验相助，您的计划就会如干瘪的谷壳，

每次都将错失良机，男人会说

我们女人不懂真正的光明，

仅仅追逐人迹罕至之处闪烁的一丝光线而已。”

她停了下来，公主冷冷地回答：“很好，

你违背了誓言。你被辞退了，你走吧。

这只迷途的羔羊，

我们的想法改变了，我们自己留着。”

布兰奇夫人伸长鹰隼般的脖子，

扭曲的嘴唇挤出一丝憔悴的笑容。

“计划是我制定的，我筑了巢，”她说，

“可是却养了杜鹃。起来！”

她弯腰拉起梅丽莎。

她扶着母亲，弯腰站起，

转脸望着艾达，泪眼汪汪，满是祈求。

她伤心垂首，融化了弗洛里安的心，

犹如尼俄伯的女儿[13]，伸出一只手臂，

向上天的雷电祈求。

我们正盯着她看，门口一阵骚动，

一个穿着飞行服的女人闯进来，

上气不接下气，似乎有人追赶一般。

她双眼透着恐惧，脸色煞白，

快速走近王座，呈上封缄的急件，
公主诧异地接过，展信细阅。
我们鸦雀无声，心里妄自猜测。
阅毕，她柳眉倒竖，怒容满面，
胸膛不住起伏，恰似火上浇油，
又如发狂的农夫为了洗冤，
怒气冲冲点燃草垛，烈焰冲天。
看她气愤填膺，胸中激情澎湃，
心脏突突乱颤，双手也在颤抖。
一片死寂中，听见她手中的信纸沙沙作响。
突然，她脚边的迷途羔羊哭喊着要母亲，
伤心的哭声使她愈加愤怒。
她把信揉成一团，突然转身似乎有话要说，
但又欲言又止。她把信扔给我让我看，
两封信，一封是她父王写的：

“亲爱的女儿，我把王子送往你处时

未知你的法规竟如此严厉。

我知道你性情耿直，

故知悉之后，速即前来解释，以免酿成大错，

不料却落入他父王之手。

你与他的国土近在咫尺，

今晚他就分兵乘天黑把你包围，

现在拿我当人质换他的儿子。”

第二封是我父亲写的：

“我儿子在你手里，须得保证他毫发无伤，

把他安然无恙交付于我，并把你的手交给他，

履行婚约。我们听说你认为女人比男人优秀，

此乃异端邪说，无稽之谈。一旦蔓延

会让所有女人都违逆丈夫，因此今晚

我势必把你的宫殿夷为平地，以正视听。

我说到做到， 除非立刻还我儿子，

必须完好无损。”

读到此处，我冲动地站起来说：

“哦，我私闯禁区，实非为了窥探宝地，
乃听从内心美好的愿望，
作为信守庄严婚约的孩子，满怀希望来此。
你虽为女性，我并未轻视，
反倒心怀崇敬，
热切希望一切能顺其自然，顺理成章。
听我说，我是男人，同样是人，
我包容你的一切过错。
从呱呱坠地到耄耋之年，
我的生命都从属于你。
我的乳母提及你，
我牙牙学语为了你，
犹如婴孩渴望明月，是对光明莫名的向往。
及至少年，你的消息如绵长的清风

从最南端飘至最北端。

所有绚烂的灯光中均有你的影子，

居高临下俯视我。

无论晨曦或日暮，丛林都在摇曳歌唱——

艾达，艾达，艾达。

星空中展翅飞翔的领头天鹅也如此鸣叫，

萤光簇簇，浪花轻拍，

似乎也在柔声呼唤艾达。

如果你与卡西俄珀亚[14]或冥后珀尔塞福涅[15]一道，

我或许已经赢得你。

如今，经受了严冬酷寒的考验，

我业已长成七尺男儿，特来求见佳人。

然而，哦，高贵的艾达，

在众人面前我无法完全评述你的心中所想，

因为那是她们的核心。

据我所知，众多名人，

无论男女，无论城镇和乡下，

不过是预言的矮子。

为人所知之后，倒也形成别样之美，

令其值得了解。

在你身上寄托着我孩童时的梦想，

令我心花缭乱，为你所困。

而那后生之美令我每一行动，

时时刻刻都心生狂热。

除非你用严厉法规杀了我，

否则我将永远跟随你，

诚如他们所言，海豹随音乐起舞。

谁比长大成人的男孩更在意你呢？

垂死之人，遗留万千未竟之事，

那是生命之气息。

哦，比穷人更渴望富裕，比病人更渴望健康，

你的，你的，不是我的，

没你就不完整，

拥有你，完美无缺。

纵然有再多的另一半，你最值得拥有。

无论你以何种方式阻止你心向我，

我依然不灰心丧气，

在牙关紧咬的对抗中，

追随最有价值的人，直至他死去。

我来此并未擅自偷看你父亲的信件。”

我单膝跪地，呈上信件。

她接过，也不启封即掷于脚下。

似乎要做一番猛烈抨击，

就像河水即将冲垮堤坝，淹没世界一般。

她开口之际，厅里半数女孩聚到一起，

传来一阵骚动。灯火通明的大厅中，

透亮的过道涌来一群白衣女子，摩肩接踵，

像白色羊群一般密密麻麻。

还有身着彩虹长袍的，睁大宝石般透亮的眼睛，

披着金黄色的头发。她们前后晃动，

如暴风雨中的红白花朵，

均张嘴望着光亮处。

有人说外面有军队，

有人说每个墙头都有男人，

有人则满不在乎。

喧闹声越来越大，

如女人建造的新巴别塔，愈加混乱不堪。

高高在上是平静的大理石缪斯像，

她们安静地看着这一切。

公主看上去并不平静，

漫漫长夜，她长发披肩，

移步敞开的窗前，伫立沉思，

就像于灯塔之上俯视暴风雨中的惊涛骇浪。

电闪雷鸣欲毁一切，

野鸟疾飞，奔向死亡。

她朝人群张开双臂呼喊安静，

喧闹归于平静。

“喧闹的人们，你们怕什么？

我不是你们的头儿吗？

暴风雨首先袭击的是我，

我敢迎战这些男性雷电，何惧之有？

安静！他们要复仇就来吧，

如果没人，我自己就够了。

哦，姑娘们，大展我们争取权利的旗帜，

披上战甲投入战争，大不了战死沙场，

成为我们事业追求的第一个殉道者。

我不会责怪你们心存恐惧，

这是六千年相传的恐惧感使然。

我要使你们得到救赎，

但刚才引发骚乱的人们——你，还有你，

人群中我也认得出你们。

明早我们要开大会，

如果她们喜欢喧哗胜过职责，不辨敌我，

则开除她们。令与其母同庸，

家务缠身，供人使唤；

心怀诡计，互相拆台；

小丑的傀儡，醉汉的玩物；

时代的笑柄，脑袋长在手里或脚后跟上。

善于炫耀、打扮、跳舞、奏乐，

以及流浪、尖叫、打磨、洗刷，

永远在家是奴隶，出外是蠢货。”

她挥挥手结束讲话，人群窃窃私语，

随即解散。她带着一丝微笑，

如一道残酷的阳光照射着悬崖。

山谷依然浸没于蓝色朦胧中，

轻移至我们面前说：

“你做得很好，确实像个绅士，

像个王子。我衷心感谢你，

你着女装也很好看，

真的做得很好，有绅士风范。

你救了我的性命，我致以痛苦的感谢，

但我倒宁愿淹死了，埋骨河底。

男人们说过，但现在，是什么阻止我

对你们俩进行血腥报复？

既然我的父亲是舒适蜂巢中的大黄蜂，

你们则是光明的终结者，

是野蛮人，比你们本土的粗人更恶劣，

哦，要是我能拥有他的权杖一小时就好了！

你们竟敢私闯禁区，哄骗下人，

侮辱、欺骗并挫败了我们，

我还要嫁给你！

婚约束缚我必须做你的新娘，你的奴仆！

世上不是所有的黄金都是用来铸造你的王冠，

也并非所有人都尊你为王。

先生，你的谎言及你本人都让我们憎恶，

我鄙视你的提议及你本人。

走开，我们不想再见到你们。

来人，把他们推出门外！”

她怒气冲冲地说道。

接着，那八个强壮的农家女上前，

开始动手驱逐我们。

我两次试图为我自己辩护，

但她们结实的双手重重按住我的肩膀。

如命运的重担，就这样

把我们推出大厅，走下台阶，穿过宫殿，

冷笑着把我们推出大门。

我们穿过街道，在后面的小土丘停下，
从那儿能看到灯光，听到人声低语。
我正听着，突然怪病发作并产生怀疑：

我似乎在鬼怪世界中行走，

公主和她怪物般的女侍卫，

半开玩笑半正经地并肩作战，

大瀑布、喧闹和国王们都成了阴影。

还有漫长的梦幻般的夜晚，

一切似曾发生，又似曾并未发生，

一切都是似是而非。

幻景又奇怪地消失了，

但我心头留下了淡淡的忧伤之影，

不久，我甩掉它了。

虽有疑问和突如其来的鬼魅阴影，

但一切不幸还是降临到我头上。

犹如仲夏夜晚坐在山上，

看挪威的太阳缓缓升起。

之后，我们就离开了。

Howard Chandler Christy. 19

---

[1] 据希腊神话，伊萨卡国王奥德修斯流落异域时，伊萨卡及邻国的权贵们向其妻珀涅罗珀求婚，迫她改嫁。珀涅罗珀用尽各种办法拖延，终于等到丈夫回家，并与其子合力杀尽为非作歹的求婚者。

[2] 瓦尔基里，北欧神话中奥丁神的侍女之一，被派赴战场选择有资格进入瓦尔哈拉殿堂的阵亡者，形象是手持盾牌的战争女神。

[3] 许门，希腊神话和罗马神话中的婚姻之神。

[4] 摩尔和梅格均为 16 世纪末 17 世纪初英国城市喜剧中的人物，着装和行事都很男性化，是罗宾汉式的女侠人物。

[5] 应该指的是希腊神话中的猎人阿克托安，因偷看森林女神狄安娜和水神们洗澡被变成一只小鹿，后被他自己的猎狗咬死。

[6] 指大熊座和北斗七星。

[7] 犹滴，《圣经·犹滴传》中的古犹太寡妇，美丽、富有、聪慧、勇敢，相传杀了亚述军统帅荷罗孚尼而

救了全城。

[8] 荷罗孚尼，亚述国王尼布甲尼撒二世的大将，为犹滴所杀。

[9] 摩涅莫辛涅，希腊神话中的记忆女神，天王乌拉诺斯和大地女神盖亚的女儿，十二提坦之一，九缪斯之母。

[10] 德鲁伊特，古代克尔特人中一批有学识的人，担任祭司、教师和法官或当巫师、占卜者等。

[11] 卡斯塔利亚圣泉，帕尔纳索斯山上阿波罗和缪斯之泉，被认为是诗歌灵感的源泉。

[12] 约拿，《圣经·旧约》中的预言师，神为了教育约拿，让葫芦藤生长为他遮挡烈日，第二天命虫子噬其根，藤就枯萎了。

[13] 尼俄伯，希腊神话中的底比斯王后，坦塔罗斯之女，因得罪勒托女神，孩子们都被杀死。宙斯可怜她，将她变为一座喷泉，涌出的全是她的泪水。

[14] 希腊神话里埃塞俄比亚国王刻甫斯的妻子。她因虚荣心太强，激怒了海神波塞冬，只好将心爱的

公主献给海怪，后被英雄珀耳修斯所救。在她升到天界成为仙后座以后，高举双手，弯着腰，深表悔过之意。

[15] 希腊神话里宙斯和德墨忒尔之女，后被冥王哈迪斯掠走成为冥后。

插曲

“战鼓咚咚，你的声音依然清晰，

战斗临近，他屹然挺立。

你的玉容浮现在他脑海，

让他对战斗胜券在握。

旋即，号角齐鸣，

想象孩子绕膝满满亲情。

继而，如火球，他冲向敌人，

过关斩将只为你赢。”

莉利亚唱罢，我们以为她中魔了，

居然在吟唱中用颤音表达愤怒。

随后，佯装愤怒于她所谓的

嘲弄、怪诞或道貌岸然，

她就像舞会上想换曲子的人，

拍着手呼唤战斗，

或是来一场大决斗，以杀人告终。

下一个人继续故事表演，

他稍转向破败的雕像说：

“拉尔夫爵士已加入您的战队，

我忠诚于您，为您而战，您将如何待我？”

碰巧，她的空手套放在坟墓上，宛如一只手，

她拿起用力一挥。

“战斗！”她说，

“让我们携手成就伟业，共享荣华与

宏大而美好的未来。”

他扮成骑士，戴着借来的帽子而非头盔，

安排完援军，他又扮起了王子。

第五卷

啊，我的花儿！
她们或许会留下她，让她过异常艰辛的日子。
下辈子她会带着冷酷的尊敬从我身边经过，
这比她死了还要糟糕！

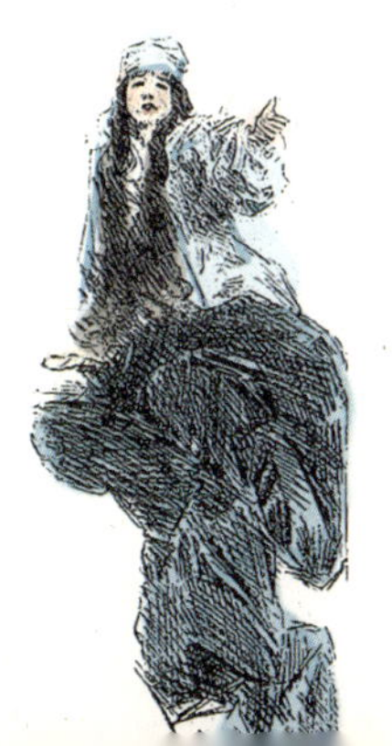

接着，离山丘只有三步之遥，

传来岗哨的声音：

“站住，谁？”“两个来自皇宫的人。”

“又来两个，他们等着呢。”他说，“可以通行，

陛下还没睡。”其中一人，身上武器叮当，

带我们穿过闪亮的过道和帆布墙，

经过座座兵营，直到我们听到

皇家营帐上悬着的雄狮大旗

轻轻飘拂的声音，低语着战事将近。

我进入营帐，突如其来的光芒
令我睁不开眼。我站着，
仿佛听到轻风抚过杨树林，
树叶沙沙作响，相互可闻，
然后又戛然而止。
接着是一阵吃吃的笑声，来自四面八方，
高呼着死亡之仪式，继而开怀畅笑。
只见两个老国王上下摇晃着谢顶的脑袋，
年轻的将领们露出亮晶晶的牙齿，
大胡须的男爵们又吹又擂，
哈哈大笑声中，阔气的乡绅人头落地。

最终，我的父王，粗糙的脸上老泪纵横，
疲倦地喘着气说：“国王，你自由了！
我们只是拿你换我儿子的安全，
如果这是他，还是……你，
去帮她到污泥里养猪了么？”

因为我浑身湿透，散发臭味，衣衫褴褛，

比剑鞘里掉出的罂粟花还皱，

好像披着一块破布，从头到脚毫无王子模样。

有人用手掌遮嘴与身旁之人打趣：

“瞧，他肯定出现幻觉了。”

“撒旦把老妇人和她们的阴影带走吧！”

国王咆哮着：“做个男人，和男人们决一死战！

来吧，西里尔把一切都告诉我们了。”

作为私下偷溜者和擅自闯入者，

我们偷偷摸摸，转瞬之间，

从女性的深渊中

回到层层保护的辉煌和闪闪发光的金甲中。

西里尔出来与我们相见，

起初有点害羞，但逐渐

我们互相谅解，冰释前嫌，

重归于好，之后他描述了他的经历。

不可思议，他居然于黑暗中成功逃脱，

在暗夜里碰到一路哭泣的普赛克。

“然后我们就落入你父王之手，

她在那帐里躺着，

不说话，也不动。”

他领我到邻近的帐篷，

我们进去，里面是堆积如山的武器和粗糙的装备，

满目凄凉。普赛克裹着士兵斗篷，

像一尊美女雕像从头到脚装饰一新，

却被人粗鲁地从基座上推倒。

如云秀发散乱地上，

她的旁边是营地看守。

一个饱经风霜的女人，

坐在那里像守望亡者。

然后，弗洛里安跪下：“来吧，”他柔声对她说，

“抬起头来，亲爱的姐姐，不要这样躺着。

你并未做错什么。你不可能杀我，

也不可能杀王子。抬起头来，放宽心，

即便身处逆境，依然做了该做之事，

何其幸福！”我也同样说道：

“放心吧，我也并未失去她，

再小的行动也隐含着他物无法给予的

不可名状的魅力。”

她听到了，动了一下，

呻吟着，有点颤抖。她坐了起来，

抬起斗篷露出脸，显得苍白而光洁，

如半裹尸衣哀悼亡者之人。

“她，”她说，“是我好友，

我离开她，背叛她和我的事业，

有何脸面存活下去？为何你们不信守诺言？

哦，卑鄙的坏蛋！何来安慰？全都百无一用！”

懊悔的西里尔对她说：

“我依然请你接受安慰，

活下去，亲爱的夫人，为了你的孩子！”

听到这话，她失声痛哭。

“啊，我，我的宝贝，我的花儿，啊，我的孩子。

我唯一的宝贝孩子，我再也见不到她了！

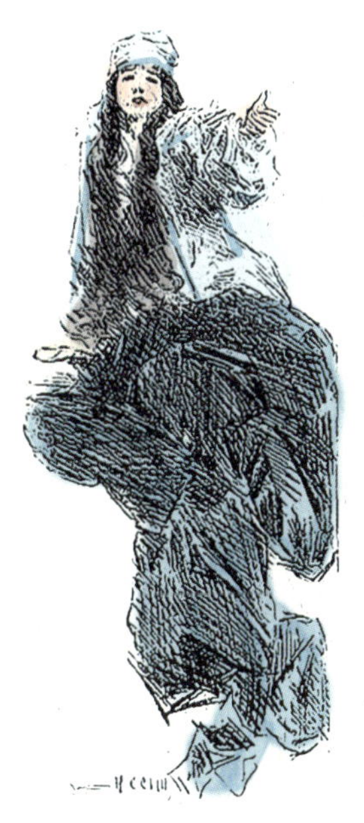

如今，残忍的艾达把她留下，

要么她会因为缺乏照顾而死，

要么因为别有用心的利用而疾病缠身，

她们会说这是我的孩子。

不论犯了多小过失，孩子是我的，

女儿记起我，她们就会打她。

啊，我的花儿！

她们或许会留下她，让她过异常艰辛的日子。

下辈子她会带着冷酷的尊敬从我身边经过，

这比她死了还要糟糕！

我把她留在那里，多么狠心的母亲。

她们会冲她大喊大叫吓唬她，

她们会聚在一起羞辱恐吓她。

我会去坐在门口，

日夜大声祈求，

直到她们讨厌再听到我风儿一样的不停哭泣，

直到她们对我敞开大门，

把我的小花儿置于脚下。

我的孩子，我的宝贝阿格莱亚，我唯一的孩子。

我就可以抱起她，走我自己的路，

亲吻她来满足我的灵魂。

啊，那个不配我爱的男人，

谁能把孩子归还于我？”

“放心吧，”西里尔说，

“孩子会还给你的。”

然后她蒙上脸，俯身躺下，

犹如温柔的小东西被发现佯死。

一言不发，一动不动。

此时整个营地一片低语声，

哨兵跑进来传言阿拉克王子已近在咫尺。

我们将她留给那个女人照看，

回去发现两个白发苍苍的老国王正在谈论：

“你瞧瞧！”我父亲喊道，

“要遵守我们的约定啊。

你已宠坏孩子。她嘲笑你及男人，

她自欺欺人，伤害了女性以及我和他。

一旦战争爆发，刀剑无情，必有死亡。

她要么投降，要么决一死战。”

接着，伽马转向我说：
“我们的确担心你
在我那脾气古怪的女儿处受苦，
但他们说你依然爱她。
告诉我们你的想法，
开战与否？”

“如果可能，就不要战争。
哦，国王，”我说，“一旦随意诉诸武力，
将亵渎神灵，蹂躏岁月，
焚毁家园，仅余残垣断壁，
引发所有战争同样的恶果。
一股浓烟升起，我见她身形暴涨，
面色狰狞。
尽管他破坏了她的计划，

她已不再蔑视他，但却将憎恨他人。

这个结容易解，

但得通过宽容而非战争。

我需要她的爱，

即便我们把您的城市夷为平地又如何？

她不会爱我的，

或者把她绑来，像个奴隶，

或许会称我主人，但永远不会爱我。

然而沉思改变轻蔑，

直到我所有细微的机会都被录入

她的过错之书，被倾轧消亡。

父王，与其如此，我宁愿老战神自行灭亡，

在铁山上生锈，被人遗忘，

腐烂于野外海滩，仅余残骸，

或像古时庞大的猛犸象死于冰层，

永不消融。”

我父亲粗鲁地说：

“啧啧，你不了解她们女孩。

儿子，我听到你夸夸其谈时，

几乎就信了那个白痴传奇。

告诉你，先生！

男人是猎人，女人是猎物。

猎场中那些光鲜亮丽的生物，

是我们的捕猎对象，

为了得到它们漂亮的皮毛。

她们喜欢我们这样，我们战胜她们，

说甜言蜜语哄骗她们，支持她们！

呸！可耻！

孩子，对她们而言，没有玫瑰比他更珍贵，

因为他做了她们不敢做的事，

渴望并颂扬美妙的战斗。

号角的旋律围绕着他，跃入女人阵中，

按阿谀奉承和惊慌失措的程度捕捉她们，

最终大获全胜。尽管与死神对抗，
他让吻过的人都满脸通红。
我就这样赢得了你母亲，
一位好母亲，一个好妻子，
值得我赢取！但对她这个狂热分子，
我们居然要宽容她！
如果西里尔说的是真的，
那无异于想用樱桃兜网去捉恶龙，
以蜘蛛丝来绊倒母老虎，
此想法未免太明智了。”

“是的，但是陛下，”我叫道，
“野蛮的本性需要明智的控制。依靠士兵？不！
艾达有啥不敢做？她也会重赏士兵。
我昨晚见她起身，狂风暴雨般
极力为她的事业辩护，
公然蔑视并挑战男人，

也不回避死亡。不，不是士兵。

我相信她，国王，她是名副其实的好女人。

但你把她们一刀切，

她们其实与男子一样各有千秋。

紫罗兰和百合花不同，

正如橡树异于榆树。

一个热衷诉诸武力，一个心地善良，崇尚和平，

一个这样，一个那样，

还有一些相异之处。

她们圣洁的信仰，如初月照耀猪圈，

令小丑和萨梯[1]景仰，

她们需要更广泛的文化熏陶。

艾达做得不对吗？她们值得吗？

那样是否更加法治？

是否更严格遵循生命的逻辑？

是否比天地的甘美作用还更有魅力？

你提到的她，我的母亲，安详宁静，

如高贵艺术家用金色心情所造之物，

每个思绪，每个笔触，

都纯洁无瑕，犹如第一颗雪花内的绿叶细纹。

听着，她可不是花样大杂烩，伙计，

不会雄心勃勃却易于陷入肉欲泥潭，

她是真正的表里如一。

总而言之，我们若有她们一半好，

一半善良，一半坦诚，则艾达所言为正当之举

虽未经讨论，她却已然当成自己的义务。

因此，我的观点是——不能诉诸战争，

否则我将失去一切。”

“不，不，你说的只是感觉而已，”

伽马说，“在甜蜜的青年时代，我们只记得爱自己。

当这块烧红的热铁要敲打定型时，

我们并未给予重视。

你说话跟艾达相当。她确实能说会道，

你说的有一定道理，

但你说话温和多了，由此我们敬重你。

你看上去是个高贵而勇敢的王子，

我希望你娶了我家女儿。余下的，

就是我们自己受罪了，为什么？出于事业的重负，

父亲的恐惧。你们礼遇我们，

我们自当做出回报让你们的王子满意，

我们不记恨。你们犯我边陲，

像夜晚的精灵悄悄侵入我境内，

但并未在田地里打破农人的脑袋，

也未烧毁庄园，也不欺侮挤奶的女孩，

也没抢掠农夫碗中的奶油。

请让你的王子

偕我一同前往我方阵地，

我来劝说阿拉克。

阿拉克的话对艾达来说比我们有用多了，

也许我们能做点什么。

虽然尚未可知，但我们将成为朋友。

你们也一样，我们的客人，如果你们愿意，

就一同前往。谁知道呢？

也许我们四人会制定出坚不可摧的计划。”

说完，他真诚地伸手向我父亲告别，

我父王吼着答复。

胡子遮掩了他的部分声音，

但可明白听出允许我们离开。

然后我们和老国王一起骑马穿过草坪，

上面是参天大树，每个树干都有千轮春光，

每个枝头都有鸟儿唱着情歌，

令我情不自禁把爱的故事

倾入老国王的耳朵。

他答应助我，一路骑行

都伴随他甜蜜的允诺。

大颗大颗的夜露裹着花香滑落，

掉在我们披甲戴盔的身上，即刻消散。

但很快我心里就有和平之外的感觉，

因为我们看到严阵以待的方阵，

王子的中队，喧闹着踩踏花儿。

他们中间有人喊叫国王驾到，

喧哗声戛然而止，只听到马儿的嘶鸣。

他们敲打着武器，擂起战鼓，

军中横笛欢鸣，长号隆隆，

蛇形号角长鸣，旌旗飘摇。

未几，三位将领跃马而出迎接我们。

我尚未见过如此体格健壮的人，

正中间最高的就是阿拉克，

举手投足都有他妹妹的影子。

就像东方旭日照耀，

他们犹如空中巨人地带的那三颗明星，

在霜冻的寒夜中熠熠闪光。

他们沐浴着晨光，

火球般的天狼星改变了色调，

闪烁着红光和翠绿色，

辉映着他们的高顶头盔。

虽然我之前大谈和平，当听到军乐声起，

立即感受到一股野兽般的力量。

它植根于男人的强健肌肉里，

开始在我心里蠢蠢欲动，准备出击。

三个雄浑有力的儿子接过国王，

他挥挥手，指着他们说明了一切。

听到我们男扮女装，他们都乐了，

可亲的巨人阿拉克笑着在马上晃了晃，

声如洪钟地说：

“我们国家被入侵，该死！

我父王成了你们的俘虏，但他不愿打仗。

该死！我自己，该咋办，战或不战？

还有你的婚约问题仍然存在，

她开诚布公，把意愿坦诚相告，

她不过是飞得太高，飞得太高罢了！

她也只请求一片土地和公平的待遇而已，

以便能实现她的抱负。

她一直试图让我接受她的观点，

可我自己，哪知道这么多事儿？

但是，生命和灵魂啊，

我以为她错对参半。

我说她只是飞得太高了，该死！那又如何？

她是我心中的女性之花，

故而我经常告知其对错。

王子，她对所爱之人非常温柔可爱，

对或错，我都毫不在乎。就是如此，

我支持她，她让我发誓，

该死！在烛光里举行庄严仪式，

让我以圣某人[2]的名义发誓。

我忘了她的名字，

她舌战五十智者大获全胜，

也是位公主，我就照办了。

瞧，就是如此。她不会愿意的，

放弃你的请求吧。

不然，只有刀刃相见，另无他法，

请做决定，该死！那就有悖我父王的意愿了。”

我既不想轻易放弃婚约，

亦不愿诉诸愚蠢的战争，

那会加大我们的分歧。

另两个兄弟中的一个，理着唇边的头发，

他的话促使我们决心战斗：

“物以类聚，着女人装必藏女人心。”

此番嘲弄无疑是明目张胆的挑战！

西里尔怒火中烧，反唇相讥，

我也针锋相对，尖锐地说：

“懒散的男人好不知廉耻

现在就决定，有何不敢？我们正好三对三。”

然后第三个兄弟说：“三对三？如此而已？

没了吗？为了我们妹妹的高尚事业？

多一点，多一点，为了荣誉而战。

为国王鸣屈而战。

多一点，多一点，各出五十人，

做好准备，快点！
要么你赢，要么我胜，问题就都解决了。”

“好，”我答道，“为了这团狂野的气息，
这片人类行动最高峰的彩虹，这份荣耀，
为这份荣誉付出是必要的。
那么，如何判定结果？我们输了就输了，
但我们赢了也是输，因为她不会信守婚约的。”
“该死！我们会传讯息给她，”
阿拉克说，“告诉她理应信守诺言，
信件送达，你即可收悉她的答复。”

“孩子们！”老国王尖叫着，但徒劳无功，
犹如母鸡呵斥池里的假女儿，白费力气，
谁也不理他。双方都觉得多说无益，
我们遂策马回营，发现父王
已三派传令官到门外打探，

看艾达是否接受我们的要求，

或是拒绝我们以洗刷她在人们心中的不良印象。

他去了三次，第一次敲了又敲，没人搭理，

又砰砰擂门，还是无人应答；

第二次，门里传来可怕的声音警告他；
第三次，八个农家女冲出大门，
揪住他的头发，痛打他的肋部和脸颊，
令他发狂。他不止一次透过大门，
望见艾达就在门里站着，
目光坚定，两支军队围绕身边，
武器铿锵作响。
她如青松庄严挺立于岛崖的大瀑布中，
暴风雨急骤而起，山脉幽深处洪水暴涨，
急冲而下涌进山谷；
然而她的意志深入我心，
令我坚定信心，
要么战胜对方，要么舍生取义。

我回禀父王，我已立誓
为了新娘参加比武大战。
他的铁手掌一拍，大吼一声，

称他本人也要去会会那伙年轻人。
长胡须的领主们制止了他，
只因他年事已高，英勇不再，
他只得作罢，但仍勃然大怒，满脸通红。
众多勇敢的骑士纷纷请缨，
誓死为我的诉求出战，死而无憾。

平坦的原野顺着宫殿的这边
延伸到花园墙边，此处亦然。
园中闪耀的鲜花带上方是
闪闪发光的柱状入口，还有大理石台阶，
硕大的青铜双门刻着托米丽司[3]的浮雕
以及决战后对居鲁士大帝[4]所做的一切，
现在都紧紧锁上了。
整个早晨，平野上的人群不断夯实，
整个早晨，传令官前后奔跑，
来回传达信息和宣战书。

最后，艾达的答复传来，虽出自王室之手，

但通篇字迹抖动，信中词语奔流如演讲一般。

我吻了它，然后开始阅读：

“哦，哥哥，想必你已经知道我心中的痛苦，
每每听闻如下诸事，我们都义愤填膺：
有人以铁钳夹女人的脚；
某些地方可怜的新娘在祭坛上被鞭笞，
作为新婚礼物送给她严苛的新郎；
也有暴君死后，陪葬者在烈焰中活活燃烧；
还有那些母亲们，都是警世憾事，
把漂亮的女娃投入滚滚洪水，
秃鹫飞扑而下，尖嘴和利爪伸向
本是为崇高行动而准备的心脏。
但我也发现同样卑微的女人，
跟随温和的男人则活得逍遥自在，
老酵母才能充分发酵。
数百万人呼吁民权，
却无女人当选。
因此我坚决抵制所有男人，
只为我自己的理想而活。

我远离男人，为同道中人建立安身之处，
并储存珍贵的纪念物，琳琅满目，
周边还围建华丽的学院，
制定严苛的法律，以吓跑猛兽般的觊觎者，
因此一向事业兴旺。直到一伙鲁莽小子
私闯禁地，扰我安宁，
男扮女装，夸夸其谈指责我
傲慢无礼，不知爱情，
又借幼年婚约之托词，实乃无效之物。
我实不愿被其捆绑意愿，供其娱乐，
这些毛头小伙！
我既能驯豹，还怕驾驭不了这些吗？
是你？还是我？既然你觉得我牵涉荣誉，
怎么，我想弄清楚，
我们的事业不纯洁吗？
我知道你骁勇善战，阿拉克，你有
从母亲血液里传承下来的战斗精神。

你若战败，我就听天由命，

你是不会输的，

但也请不要伤了他的性命，

他曾舍命救了我，

他的母亲还活着。

无论如何，要战就战得英勇，

要打就招招命中要害。

哦，亲爱的哥哥们，女人的天使会守护你们，

你们是融入我事业的唯一几位男人，

是我们来日要大加奖赏的男人。

等驱走这只讨厌的牛虻，

我要供奉你们的盔甲，竖起你们的雕像，

歌颂你们。我们在历史的沙滩留下坚实的脚印，

塑造坚强的一代，不断进取，

更新目标，精益求精，

直到和孩子共命运的她充分了解自己，

我们自己土地上的知识使她身心自由，

紧跟两个加冕孪生物——

商业和征服，于黎明时分在南北方的天地

撒播自由的火种。”

余下是匆匆写就的附言：

“请确保你营中无叛徒，

我这儿似有一窝叛徒，无人可信。

我的左膀右臂都废了，

都怨男人带来的埃及瘟疫[5]！

我们的姑娘本都表现良好，

男人一来就变了。

我最大的安慰就是那个不配为母亲之人的小孩，

她把其丢下不管，

就别想要回去，

孩子长大后将景仰滋养她心灵的真正母亲。

今晨我在床上待了一个小时之久，

孤儿稚嫩的双手紧紧揪住我的心，

那一刻我似乎平息了对全世界的怒气。

再会。”

我停了下来，坚强的老国王说：“她很固执，

但她可能于雷雨中坐在国王右侧，训练勇士！

瞧瞧你自己，被熊熊爱火烧得头晕目眩，难以自拔，

丧失理智，而那位瘦长的国王，

伽马则不知所措，予以纵容。

男人要砝码，女人却占用，

还把天平推翻。

然而这都将得到修正，回归自然本色，

如地球之根本和万物之基础一般。

男子耕田，女子守家；

男子提剑作战，女子穿针引线；

男人要聪明，女人要忠诚；

男人指挥，女人遵从；

如若不然，一切皆乱。

瞧你！当家的婆娘不好相处，

刺耳的话音从客厅响到厨房，

她的小夫君则蜷缩在扶手椅上，

地狱之火合着他的炉火熊熊燃烧。

但你，她只是匹小马驹，

要逮住她，制服她，

严加训练，严格管束。

她不会成为恶妇，让娃娃在家烫伤，

也不像街上的野菜，瞎嚷嚷自己的对错。

他们都赞她漂亮，你有更好的机会。

我喜欢她，不会对她妄加指责。

此外，女人婚嫁不同咱们，

受心境变化影响巨大，

孪生兄弟的有力支持会让她除却行事的荒唐。

孩子，生养子女才能见证女人的智慧。”

我得走了，天已近午，

我仔细看她的信，

由小细节“不要伤了他的性命”

我不禁想起林中那个狂野的早晨，

以及“加油，加油，你会赢的”。

我想起那些愤怒的国王说过的话，

一场奇怪的婚约该如何结束。

我忆起遭火刑巫师的诅咒，

有人将和阴影搏斗，最终倒下。

犹如闪电，奇怪的感觉随即而至，

国王、营帐和大学都化成空洞的景象。

我似乎行进在古老的纪念篷中，

与遗忘的鬼魂战斗，

梦到自身乃梦境中的阴影。

我尚未醒转，已至正午，

比武场准备停当。我们披甲戴盔，

鱼贯而入，立地等待，五十对五十。

号角高鸣，回响不绝，

稍顿，又起。

疾驰的马蹄声隆隆响起，长矛齐伸，

骑士们奋不顾身，勇猛前冲，

直到兵刃相交，互相厮杀在一起，

喊声震天。然而，这似乎是梦境，

我梦见了战斗。战马穿梭，

长矛裂成碎片，四处纷飞，

被击中的头盔冒出火焰。

部分人像石头般坐着，部分坐着但在摇晃，

部分在地上打滚，又站起继续前进，

部分踉跄着行进在挣扎的马匹之间。

巨人般的阿拉克，

伙同身边的两个大块头，一起攻来，

如暴风骤雨一般，掀起一片混乱。

他引人将我们包围，

厮杀声响彻整片平野。

放眼尽是标牌、棍棒、长矛和盾牌，

犹如铁锤重击铁砧，发出叮当巨响。

我不禁想，伽马的小腰如何生出这个巨人？

若是如此，则母亲贡献最大。

梦境中我瞥了一眼旁边，

看到宫殿门口围巾飘飘，众女士正在围观。

最高处，在雕像之中如雕像一般站立，

在米利暗姆[6]和雅亿[7]之间的就是艾达，

怀抱普赛克的孩子，盯着我们。

她秀发上戴一条金色带子，

如天上女神光彩照人。

然而她又不是神，她无情，不温柔，

心肠太硬，太残忍。

但她在看我打斗，

好吧，就让她见我倒下！

于是我冲向人群最密集处，

击败一个王子，西里尔也打倒一个。

太棒了，让我在梦中一切遂愿。

但那个彪形大汉，带着守灵般的微笑，

朝我倾轧过来，连续重击迫使我节节后退。

仿佛巨大的电云柱横扫而过，

掀飞屋顶，吸干水沟，

遮天蔽日，笼罩原野，

直至击中大树，断开，分裂，破碎，

令庄稼弯腰变形，吼叫声惊天动地，

地球为之摇晃，牧民哀号，

一切都所向披靡。

弗洛里安，爱我胜过他自己的右眼，
冲了过来，但阿拉克一下就把他打倒。
西里尔见了，也朝王子猛攻，
头盔饰以普赛克喜欢的颜色。
坚强、健壮、敏捷、肌肉发达，
善于使用武器；但对方显然
更坚强，更大个，更强壮，
几个重击就把他打翻在地。
最后，我策马进击，血脉贲张，
刹那间手对手，剑对剑，马对马，
胶着在一起，直到我大喝一声一击而出，
刀刃闪着寒光，
却似砍向一根羽毛，软弱无力，
梦幻和现实都从我体内涌出，
黑暗把我笼罩，我倒下了。

[1]希腊神话中的森林之神，人的形状，但有羊的尾巴、耳朵、角等，喜好嬉戏，好美色。

[2] 此处应该是指圣凯瑟琳，舌战群儒击败了罗马皇帝派来的50名学识渊博的异教徒，并成功让他们皈依基督教。

[3] 马萨革泰人的统治者，儿子被杀后，率举国之兵与入侵者波斯居鲁士大帝决战，打败并杀死了他。居鲁士的首级被割下，浸在盛血的革囊里。

[4] 居鲁士二世（约公元前600—公元前530），世称"居鲁士大帝"，古代波斯帝国、阿契美尼德王朝的缔造者（公元前550—公元前530年在位），波斯皇帝、伊朗国父。

[5]《圣经》里有埃及十灾，法老不让以色列人离开，上帝就降灾于埃及人，包括血水灾、青蛙灾、虱子灾等。

[6]《圣经》中的希伯来女先知，摩西和亚伦的姐姐。

[7]《圣经》中杀死来帐篷避难的西西拉的希伯来妇人。

歌

♪ *她们把她的勇士带回家，他已身亡*

她既没晕厥，也未哭泣

她们把她的勇士带回家，他已身亡。

她既没晕厥，也未哭泣。

她身旁的女仆们看在眼里，在旁窃窃私语：

“她必须哭出来，否则会憋死。”

然后她们称赞他，温柔而低调，

称他值得被爱，

是最真诚的朋友和最高尚的敌人，

但她一言不发，一动也不动。

一位姑娘从她身旁悄然迈步，

轻轻走到勇士面前，

从他脸上揭去遮脸之物，

但她一动不动，也不哭泣。

九旬姆妈起身坐好，

把她的孩子放在她的膝盖上，

她泪如泉涌如仲夏的暴风雨：

“亲爱的，我的孩子，我为你而活。”

第六卷

她见我僵卧在地，头盔取下，
无声无息，一动不动，脸色苍白，
表情冷淡，她不禁叹息。

我的梦境从未消逝，也从未反复。

我躺在某种神秘的中间状态，

看不见，也听不见，

不过，即便如此，因为他们反复描述，

故而提起当时，我就如亲眼所见。

情况似乎如此，或者他们就是这么说的，

一切都变得更悲惨更奇怪。

当我们一方被击败，

我的梦想永远幻灭之际，有人呼喊：

“王子被杀了！”我父亲闻讯急速赶往比武场，

解开我的头盔，俯伏在我身上。

后面跟着普赛克，正为阿格莱亚伤心。

但在宫殿的高处，站着艾达，

怀抱普赛克的宝贝，像伟大的拉比多夫人[1]，

高立屋顶，放声歌唱：

“我们的敌人已战败，已战败！

种子，他们在黑暗中嘲笑的小种子，

已生根发芽，破土而出，茁壮成长，

无边无际，朝四面八方

伸出千条胳膊，奔向太阳。

我们的敌人已战败，已战败！

他们来了，妇女啼哭，泪湿落叶。

歌声四起，他们不知何意，

以秋天之红十字将其标记，

本欲传播，结果自身难保。

我们的敌人已战败，已战败！

他们来了，伐木工拿着板斧，瞧那棵大树！

但我们将它变成炉火中的柴禾，

削成木板和梁做屋顶和地板，

制成木船和桥梁供人使用。

我们的敌人已战败，已战败！

他们攻击，他们自己打自己，自作自受。

他们不知庄稼也有铁一般的天性，

闪闪发光的斧头在自己手里折断，

他们的胳膊打到肩胛骨，碎裂。

我们的敌人已战败，已战败！

这将催生炎夏清凉的一晚，延展秋天的宽幅，

落下力量的果实。

在时光的微风中，随音乐滚动，

树冠摇曳，斗转星移，

尖牙将把世界的石基转移。

现在，哦，姑娘们，瞧，我们的圣所遭侵犯，

我们的法律遭践踏。我们将以牙还牙，

我们捍卫了自己的事业，

在史册上留下荣耀的胜利之日以及永恒的盛宴。

风华正茂的夫人和女杰

将占尽百个溪谷的春光，

降一场四月甘霖为他们的雕像欢呼，

三尊都高高挺立。

来吧，我们将获自由，我们已赢得权利。

让他们别再和冷酷的护士、粗俗的人们共处一室。

我们下去吧，为我们的同胞奉献热血和事业。
他们躺在地上，伤痕累累，女牧师
正无微不至地照顾他们。”

说着，她依然怀抱孩子，
走下台阶，推开大铜门，
领着百名女侍，穿过公园，鱼贯而来。
有些披着斗篷，有些露出头脸，一起来了。
她们脚踩鲜花，那可是她的最爱，
她们迷人之至，空气也为之轻叹。
花儿从高处飘落，洒在卷发上，愈加靓丽，
头顶有光之岛屿随之轻轻滑动，
她们行进在阴凉中。
布兰奇远远跟着，她们来了，
未几，她们穿过平野，怯怯拐进比武场。
领队庄严地举着回纹细工，面朝太阳，
其余百人仿效如此，姿态优美，

玉足款款，如履青云，

可爱高贵的人儿飘然而至，

她受伤的同胞躺在那儿。

她停下，单膝跪地，孩子放另一膝上，

紧握他们的手，称他们为亲爱的拯救者、

快乐的勇士，将永世流芳，

并说：“你们不会躺在帐篷里，就在此地，

你们为之奋战的人儿会照料你们，

用女性温柔的双手为你们热情服务。”

然后，不知是受此感动，还是事出偶然，

她随后经过我身旁，

我父亲对她怒目而视但默不作声。

她见我僵卧在地，头盔取下，

无声无息，一动不动，脸色苍白，

表情冷淡，她不禁叹息。

见我父亲脸色憔悴，胡须打结，

沾满儿子的鲜血，浑身颤抖。

她的嘴唇开始痛苦地战栗，

头上闪过一片阴影，她的脸色变沉重，说道：

“他救过我，我哥哥却杀了他。”

别无他话，国王鄙夷地从我怀中

取出画像和一绺头发，高举过头。

见此，她忆起幼时，在布兰奇夫人到来之前，

善良的王后，她的母亲，

剪下头发，不住亲吻。

她再次望向我苍白的脸庞，

直到明白一切事情都是荒唐，愚昧无理，

一切都以痛苦结束。

她的坚强意志开始磨灭，

她高贵的内心开始融化。

她弯下腰，把孩子放在地上，

饱含情感的纤纤细指抚摸着我的眉头，

接着，她说：“哦，陛下，

他还活着，他没有死！

哦，请让他和我的同胞一起留在我的宫中，

我们会一视同仁好好照顾他。

如此，无论如何，都能减轻报恩的负担，

它阻碍我们实现女性目标的进程。”

她言毕，我父亲听到“他还活着”，

开心地弯下腰，重新料理我的伤口。

两个仇敌面对我倒下的生命，同心同德，

头对头，白发贴黑发，如薄暮与黑夜。

普赛克往前靠近，我们身旁的婴孩，

半裹明亮的薄纱和金色编带，

像新落草地上的流星，

无人照料，张望着她母亲，

开始咧嘴嘻嘻笑个不停，手舞足蹈，

肥嘟嘟的手，朝她伸出。

她无法忍受，大声喊道：

"我的孩子，我的孩子，不是你的，

不是你的，是我的。还我孩子！"

周围的人都停了下来，

喊声凄切，痛苦的母亲张嘴木立，

每个人都掉头看她。她脸色苍白，

目光呆滞，斗篷破旧，

哭红的双眼充满母爱，

卷发垂乱，神圣母亲的胸膛急速起伏，

气喘吁吁，急欲抱回她的宝贝。

她不在乎周围，下意识地大声呼喊。

艾达听见，抬起头，缓缓地从我身旁站起，

挺直身躯，沉默着，轮番盯着母亲、我和孩子。

附近躺着西里尔，虽多处受伤，

依然单膝跪地撑起，

拉过她的袍角贴近嘴唇。

她俯首看着这位披甲武士，满眼怜悯，

或也在自我沉思。但当她认出西里尔的脸，

忆起他唱的不吉利歌曲，

又昂首挺胸站直。

在他上方如沙滩上的人影，

阳光下，潮水退去，

渐拉渐长。西里尔说道：

“哦，多么漂亮、强壮，又多么可怕！

母狮居然以长毛与雄狮的鬃毛相比！

但是爱情和自然，这两个更可怕，更强壮。

瞧，你的脚已扼住我们的喉咙，

我们战败，你是胜者，称心如意，

你还要怎样？还她孩子！

待在你自己的孤岛上吧。

他已死，已奄奄一息，

从此，你随心所欲，

赢取女性之心。

但若你日后欲寻觅这世间之爱，

飞轮之上的仇恨，将把你拖垮。

复仇女神将从黑暗的未来世界逃出，

头冠烈焰，永久将你蹂躏。

无论你如何自我迷恋，

请不要夺人之爱，

还她孩子！哦，如果你还有良知，

如果你还爱着哺育你、抱着你逗你玩的她，

或者祈祷时多一份恻隐之心，

还她孩子！若你不屑亲自交还，

或者与她说话，这个你最亲爱的人，

她仅仅是一念之差，出于你并不拥有的仁慈，

她罪不至死。将孩子交给我，

我来还给她！”

起初，她眼睛瞪大，冒着怒火。

她侧耳倾听，怒火慢慢减弱，再减弱，

她变得忧伤，朦胧、温柔、专注地盯着孩子。

她抱起孩子说：“漂亮的花蕾！

山谷中的洁白百合！林中半开的美丽花冠！

我黑暗时光的唯一慰藉！

当好友背叛，制度遭损，

前方的世界不再辉煌，充满神秘，

一份不属于我的爱的誓言，再会！

这些人对我们严苛，一如昔日，

我们俩只得分开。但我曾是多么幸福，

抱你在怀中，感知你的无助，

梦想可以将你纳入我的事业，

以为我可以成为你人生中的重要人物。

你母亲对我是虚伪，虚伪，虚伪的，

但愿对你是真爱！

如果你的需求必受羁绊，

我愿它如自由般轻柔。”

她停下，吻了吻孩子。又说：

“愿你一切安好！给你，先生。”

她把柔软的婴孩放入西里尔披甲的手中，

他半转身朝向普赛克，

她跃起迎之，眼中充满感激。

然后，把孩子从头到脚仔细端详，

又紧紧搂住，久久不放，

嘴里叫着宝贝，喃喃自语，

牢牢拥在怀里。

稍后，她渐渐冷静，恳求道：

“我俩曾是好友，我将永远回到故土，

请另寻他人，我实非您宏愿的合适人选，

但请说句原谅的话，让我心安离去。”

艾达一言不发，只盯着孩子。

随后，阿拉克开口：“艾达，该死！

你可以责怪男人，

但此举错矣，女人何苦为难女人？

来吧，给我一个面子！

我是你的勇士，我和部下为你而战。

亲吻她，握她的手，她在哭泣。

该死！我宁愿打三仗，也不愿见此。”

艾达却依然一言不发，只盯着地面，

伽马脸色通红，

一反常态，走上前说：

“我听说血液里流淌钢一般的硬气，

我也相信。但你一句话都不肯说吗？就一句。

你的铁石心肠从何而来？不是我，

不是你母亲，她现在是圣人，和众圣人在一起。

她说你有一颗爱心，我听她说过。

‘我们的艾达有一颗爱心。’就在她去世之前，她说，

‘但要确保身边有威信之人相佐。’

我，我找到一位，人人道其有威信的

布兰奇夫人。好处多多！你一句话都不肯说，

不！即便你父亲请求。

看看你僵硬站立，如罗得[2]之妻，

为了你一时兴致，优秀骑士都已伤残，

我相信尚无人受伤致死。

我们是为此，要为此放弃我们的宫殿吗？

你来到世上是要折磨我们吗？在此之前，

我们到此避酷暑，调心境，

我们在悬铃木下饮酒下棋，

我和她的快乐时光已一去不返。

这是仁慈吗？

我说，你应该跟她说句话。

记得她初来乍到，你满脸兴奋地跟我说，

你找到了一位同龄好友，

你终于能与之交心。

人们可以看到两个女人互相倾慕，

比婚姻夫妻喜爱更甚。

你与之同行，交谈甚欢，

通宵达旦，在塔楼之上。

聊正弦和圆弧，球体和方位角，

还有赤经，天知道那是什么。

如今一句话，就一句话，一句小小的温柔话语，

你就不肯说。快说吧，固执的家伙！

你谁也不爱，她，我，任何人。不！

你也令你母亲的判断蒙羞。就不说吗？

你不说吗？好，你没有良心，

有的只是幻想，如坚果里的害虫，

把它蛀成粉末，苦难入口。”

小个子国王一反常态，如是说道。

艾达依然站着，一言不发，

长久的各方压力，令她筋疲力尽。

她四肢乏力，伤心欲哭，

脑袋低垂，嘴角含一丝怀疑的微笑，

如平静水面上云彩半遮的月亮。

我的父王从我的伤口上抬起头，

厉声说道："嗨，你这女人！

亏我们还当你是女人，

我真是傻瓜，让你照顾我的儿子，

也许他希望如此。

我却发现你的狂野不可饶恕，

你头上的天空一变，

你可能就会把他的呼吸和死亡混淆。

还是粗糙的手安全，

抬起王子，到帐篷里去！"

言毕，他站起身。

两只耳朵都竖起，随时对抗暴风雨。

一股暖流升起，冲破笼罩的乌云，

光明再次降临，透过闪光的水珠，

照耀她悲伤的朋友。

“哦，普赛克，”她喊道，

“拥抱我，来吧，快点，我即将融化。

我们和解吧，

我的头脑无法时刻清醒。

靠近一颗他们如此诽谤的空虚心灵！

吻我，让我们成为朋友，像孩子一样被骂！

我似乎不再是我，我也请你原谅。

我本应除了女侍，不应接触旁人，

她们和男人没有任何瓜葛。

啊，你虽然骗了我，但依然是我的挚爱，

亲爱的叛徒，对你爱得太深，为什么？为什么？

在这些国王面前，我再次拥抱你，

完全原谅，既往不咎，

信任你，爱你如故。

现在，哦，陛下，

请把您的儿子交给我，

我会护理他，服侍他，

如亲兄弟一般。我欠他人情，

这场噩梦般的感激，沉甸甸的，我自己知晓，

别再嘲弄我了。您和您的人

均可自由出入，我们将遣散所有的女侍，

每人都回到适合她的壁炉旁，过上幸福生活。

现如今，把她们留在此地还有何用？

答应我的祈求！

帮帮我，父亲；兄弟，帮帮我，跟国王求情。

软化这男人的脾性，多少带点我的性情，

差点把我自己毁灭，

将我从高位拖离。

所有温柔和怯懦的女人合伙围攻我，

即便她们是可怜的弱者。”

她情绪激动，热泪四溢。

国王并不回答，西里尔说：

“你的兄弟，夫人，弗洛里安，也受伤了，

请求你的头儿，让他和王子一起得到照料。”

“好的，”艾达带着苦笑说，

“我们的法规已被打破，让他也进去吧。”

然后维奥利特，唱哀歌的女子，

她的表兄倒在地上，她也为他求情。

“好的，”她说，

“我在溪流中摇晃不定，

从争吵那刻起，我的心就像旋涡，

我们轻易破了规矩，那就随它吧。”

“好的，”布兰奇说，“殿下这么说，我很惊讶。

但殿下轻易所破的规矩，

并非殿下所定，而是我制定的。

我曾为人妇，我了解男人，

将其拒之门外。但这些男人是来

向殿下您求婚的，想必他们真心要达成心愿。”

接着，她转过头来，满脸狐疑地冷眼相看。

艾达说话了，声音犹如塔楼的钟

在地震中摇晃发出的悲声。

奏响毁灭，她的回答充满悲伤和轻蔑：

“把门全部打开！所有门，所有门，

不是一扇，而是所有。

不仅他，我母亲在天有灵，

地上所有的伤者，不论朋友还是敌人，

如果他愿意，均可入内。

让我们的女孩撤走，直到暴风雨停歇！

但如果你还支持我们，

震碎法老基座的咆哮

依然给我们留下石头。

她也想刺痛我们，但现在不会了。

过去吧，加入你所爱的伙伴。

我们不能再受羞辱，一切均已过去。”

她转过身，白皙的颈背挺直，

义愤填膺。她的王子哥哥

以及她的父王说着话，逗她开心，

平息她受伤的心灵。

我的父王也不再拒绝她的提议，

最后向她伸出友谊之手。

然后，他们抬起我们，沉甸甸的，

一路走到门口。大门全都打开，发出嘎嘎呻吟声，

维斯塔[3]入口处的贞女石像也打开，

铁柱脚吱嘎作响，声音尖锐。

他们继续往前，抬进大厅，就地休息。

人群拥挤，前后左右，

大柱子的基座都挤满姑娘，人头攒动，

她们成群结队，窃窃私语。

尽头处，艾达立于宝座旁，

两只大猫紧挨身边，像盾牌上的护佑物，

畏惧地弓腰曲背。

大厅中间则是瞪大眼睛的一众男人，

诧异地盯着那些女人。

她们则惊恐地盯着他们，

全都默不作声，只有盔甲碰撞的叮当响声。

当夜幕降临，一道灿烂的光芒

从铜和铁的构造中喷涌而出，

横贯整个大厅，所有雕像的头顶

接二连三点亮了。

这边生气的帕拉斯头盔亮了，

那边愤怒的狄安娜[4] 头上的月亮也燃起火焰，

回响声此起彼伏，

战栗着从一个房间逃窜到另一个房间，

消逝在远处的公寓里。

然后响起艾达的声音，宣布法令：

“我四肢乏力，很不舒服，

将我扶上宽大的台阶，

穿过一百扇门的长廊

直抵最里面的房间，关门静养。

其余人等另行安排，

择近日下午安排车马，护送姑娘们返家，

过上幸福生活；但有些需留下照顾智者

以及大领主们的进出。

墙边躺着的两个军队，

均可随意走动，一切都已改变。”

[1] 指底波拉，《圣经·士师记》中的希伯来女先知，第四任士师，唯一的女士师。她率领希伯来人击败迦南王耶宾及其军长西西拉的军队。

[2]《圣经》中的人物，据传在带领妻女逃离即将毁灭的城市所多玛时，其妻因回头探望，即刻变成一根盐柱。

[3] 维斯塔，罗马神话中的灶神，希腊神话中的赫斯提，传说只要维斯塔神庙的火焰不熄灭，罗马就能够保持风调雨顺。

[4] 狄安娜，罗马神话中的月亮和狩猎女神，即希腊神话中的阿尔忒弥斯。她同时也是野兽的女主人与荒野的女领主，奥林匹斯十二主神之一。

歌

别再问我，月亮也许能绘制大海

云彩从天上弯腰，化成各种形状

别再问我，月亮也许能绘制大海，
云彩从天上弯腰，化成各种形状。
褶皱复褶皱，有高山，有海角，
但是啊，太喜爱了，我何曾答应过你？
别再问我。

别再问我，我该如何答复？
我不喜欢消瘦的脸颊或失神的眼睛，
但是啊，我的朋友，我不会让你死去！
别再问我，恐怕我要你活着，
别再问我。

别再问我，你我的命运都被封印，
我逆流挣扎，但都徒劳无功，
就让大河带我入海。
别再，亲爱的人儿，我一触即屈服，
别再问我。

第七卷

最后，爱情就像寒冷早晨的冰川旁
高山上沾满露滴的蓝铃花，
起初娇小脆弱，毫不起眼，
但是却每天积累着绚烂的颜色。

她们的圣殿也遭侵犯，

漂亮的大学变成了医院。

起初一切乱糟糟的，逐渐地

美好的秩序与其他法律重新共存。

一种更加友好的影响力成为主宰，

轻声细语和爱心之手围绕在病人周围。

少女们走来，聊着天，唱着歌，读着书，

直到天色将晚，黑夜降临，

而她又成了昔日的美高音。

她们来往穿梭，

恩典之行为犹如天生，

清晰地体现在举手投足之间，

拿着书本，捧着鲜花，

天使般优雅地进出办公室。

艾达心灵之悲伤降临，

憎恨自身弱点并夹杂着羞耻。

旧的探索失败了，她很少说话，但是经常

走到屋顶，独自凝视数个小时，

思考那个灾难性的联盟。

成群结队的男人使她的女性魅力失色，

掏空了她的价值。

她登高远眺，

越过大地和海洋，

看到一片巨大的黑云从深渊向内聚集。

一堵黑夜之墙，把海洋从尽头到岸边遮蔽，

从沙子中吮吸着耀眼的光辉，

狂饮一湖又一湖，一潭又一潭之水

吞噬着世界。

她凝视着那里。

她的整个秘密世界就这样被黑暗笼罩着，

空虚而徒劳，直到她走下来，

再一次在病人中间找到平和。

晨曦微露，

每天早晨云雀带着尖锐的叫声

盘旋着直冲云霄，

我却安静地躺在闭塞的生命樊笼里。

暮色朦胧，闺房更加空荡，

把巨大的夜色吸入自己身上。

天堂，一颗接一颗的星星，起起落落，

但我，比那些奇怪的怀疑更深远，

躺着静静地从运行的宇宙中分离出来，

既不能感知自己的眼睛，也感觉不到手。

那个照顾我的人，比婴儿睡的觉还多。

普赛克照料弗洛里安。

她和梅丽莎经常来访，

因为布兰奇走了，留下她的孩子在我们中间，

她希望保留皇宫的恩泽。

那个聪明的小脑袋，

一会儿出现在这里，一会儿出现在那里，

就像一束快乐之光，

瞥一眼沙发，或者掀开丝绸露出娇嫩的脸蛋偷看。

一脸绯红和微笑照在受伤的人身上，

就像治疗创伤的药物，

为了消磨怠惰的时光，

拔除痛苦之刺。似乎不足为奇，

很快西里尔振作起来；

那些美好的慈善机构加入她的周围，

同样不足为奇。

她的心如此温柔，如此充实，应该拥抱爱情，
就如花瓣上两颗晃动的露珠
在甜美的空气中，颤抖滑落，
立刻凝聚成芳香四溢的一颗。

向普赛克的第二次求婚最初并不乐观，
并非因为在田野中那个黑夜之后。
布兰奇曾经发誓说
她与西里尔结婚必定是为了自己的好名声。
尽管他也把孩子成功归还于她，
尽管她也喜欢他；
她屈服，只是害怕再次触怒头儿。
直到有一天当西里尔恳求时，
艾达跟上来只看到了普赛克，
她停顿片刻，听到了些什么，
脸上泛起一抹绯红，然后走开了。
两人静心交流，半推半就，互相接纳，

然后对天盟誓，归于和平。

不仅仅是这些，爱情在神殿之中
恣意狂欢，男人和女人的汗水如阵雨一般洒落。
她的父亲并没有停止拒绝我的要求，
我自己的父亲现在也没有退让，
那孪生兄弟们也没有妥协，
他们会再次发难，
阿拉克也没有满足于他的胜利。

我静静地躺着，她常常坐在一边。
不时有些变化，
因为有时我会在极度兴奋之中
将她的手，紧紧握住不放，
然后把它像一只毒蛇一样扔开，尖叫道：
“你不是艾达。”然后再次握紧它。
称她艾达，尽管我不了解她；

称她甜心，仿佛是一种讽刺；

称她铁石心肠，这似乎是真相。

她仍然担心我会失去理智，

她常常相信我应该死，

直到摆脱她长期令人沮丧的照料

和在疲惫的午后令人沉思的看护。

看着那些死者，

黑暗之处，当钟声敲响时，

如颤动的雷声一般穿过宫殿，

又像是从他们所有的银舌之间召唤飞逝的时光——

来自她昔日美好的回忆，

并瞥了一下我父亲的悲伤，

在幸福的恋人心中——

因为我所言说的爱情，

孤独地聆听我梦中的呓语。

经常感到无助的双手

和憔悴脸颊上无言的忧伤。

这一切使我们越来越紧密，
温情在不断加深。
最后，爱情就像寒冷早晨的冰川旁
高山上沾满露滴的蓝铃花，
起初娇小脆弱，毫不起眼，
但是却每天积累着绚烂的颜色。

我最终苏醒，却异常虚弱几近死亡，
那是晚上无声的月光
洒在油漆装饰的墙上，
那里装饰着两幅宏大的图案：
一边高高耸立着造反中的女人们，
在猛烈抨击奥庇安法[1]。
她们将巨大的神像塞进法庭。
在其余半粉碎的雕像中，
像侏儒一样的加图[2]在瑟瑟发抖。
另一边，霍滕西亚[3]在发言反对税收，

背后是一排贵妇人。

斧头和鹰旁边，

坐着凶悍的执政官，

眉头紧锁，典型的罗马人怒容，

血脉中融着一半狼奶[4]。

霍滕西亚立于他们面前，低头恳求，

脸上愤愤不平。

我又看见恍惚的轮廓，不知自己身处何方，

它们不像空洞的展现。

艾达也没有更加甜美，

她双手相握而坐，

眼中泪光盈盈，

娇躯更为柔软，更加丰满。

我动了动，叹了口气，

感觉手腕被人握住，有泪水掉落手中。

我虚弱无力，自怜自艾，

我的眼泪也滑过脸颊。

想想过去的生活，

像一朵无法绽放的花儿，

被暴风雨打湿，

但无论如何，雨后天晴，

依然迎向太阳。

我迷蒙的双眼盯着她，微弱地说道：

“若你是我想象中的甜美梦乡，
我想求你美梦成真。
但若你是我认识的艾达，
我别无所求。只想，若是一场梦，
一场美梦，就完美无瑕。
我今晚将死，
弯下腰吧，在我死前吻我。”

我别无他法，只能一味恍惚，
听朋友们谈论我的葬礼。
我无法言语，无法动弹，也无法比画，
只能躺着担心自己的厄运。
她转过身，稍顿，
弯下腰，疲倦地喊了一声。
在死亡边缘，我火热的激情被点燃，
相信在鲜活的世界里，
我和艾达的灵魂在唇边交融。

直到我向后倒下，她从我怀中站起，

浑身闪耀着高贵的羞愧。

她自贫瘠的深渊而来，以爱征服一切，

晶莹的泪水流淌而下，

虚伪的自我便像长袍从身上滑落，

令其心灵愈加可爱。

她飞掠紫色岛边，

赤裸着，空中和浪里的光线交相辉映，

去见她的美惠三女神。她们要

把她精心打扮，供人永远敬拜。

我的敬拜永不停止，

最庄严的是对你的敬拜！

她悄悄地走了出去，

不朝背后看上一眼。

我又沉沉睡去，充满爱意，

幸福地睡去。

深夜我醒来，她就在我近旁，

手捧一卷她国内诗人的诗集，

专心致志地低声念着：

“红色花儿睡了，白色花儿也睡了，
宫中步道上的柏树不再摇曳，
斑岩泉中的金色背鳍不再闪烁，
萤火虫苏醒，把你我一起唤醒。

乳白色孔雀低下头来，像幽灵，
她像幽灵一样，朝我闪着微光。

地上躺着达娜厄[5]，面对繁星点点，
你的心房向我敞开。

流星无声滑过天际，留下
一道闪亮的褶痕，如你的思绪留在我心间。

莲花收起所有芬芳，
滑进湖的怀抱，
你也折叠起来，我最亲爱的，你，

滑进我的怀抱，完全消融。”

我听到她在翻书，她找到一首

甜美小牧歌，又低声读道：

“姑娘啊，从那高山上下来，

居住高山何乐之有，

既高又冷，兴许是山峦的壮丽？

请别太接近天堂，别再

让日光在枯萎的松树旁滑行，

让星星落在闪闪发光的尖顶上。

来吧，爱在山谷，

来吧，爱在山谷，

你下来寻他。

他在幸福的门槛边，

或在玉米田中，与众人手牵手，

或被染缸飞溅出的颜料染成红色，

或像狐狸一样在藤蔓中行走，

迎着银色号角，伴着死亡和晨曦同行。

你也不会困他于白色山谷，将其捕获，

也不会见他跌落结冰的河湾。

拥挤的斜坡，沟壑裂开，

昏暗的门里，急流奔涌而出，

顺流而下，让滔滔洪水

带你到谷中找他。

让尖脑袋的鹰隼独自啸叫，

让可怕的暗礁倾斜，

倾泻出漫天水雾。

如梦想落空，虚掷光阴，

你可别虚度时光。来吧，

所有的山谷都在等你，

壁炉中的蓝色烟柱朝你升起，

孩子们在呼唤，还有我，

你的牧笛，每个声音都那么甜美，

你的嗓音更加甜美，每个话音都很甜美。

无数小溪穿流过草地，

远古的榆树上鸽子咕咕叫，

无数的蜜蜂在嗡嗡歌唱。”

她这般低声吟诵。我闭眼躺着，

静静聆听，而后睁眼看她。

秀美的脸变得苍白，胸脯随着长叹起伏，

双唇丰满而又温柔，

明眸善目，话音颤抖，手也在抖动。

她断断续续地自言自语，她明白

自己在甜蜜的谦卑中已败下阵来，

且彻底失败。

她的一切努力不过是留在采石场

的一块石头。她依然厌恶，

她仍然厌恶屈从于这个世界。

它以及它野蛮的律法完全无视她们可以拥有

与男人同等的权利。

她祈求我别以她来断定其事业的对错，

因为她已犯过失，与其说是寻求真理，

不如说是追求知识的力量。

她胸中有股狂野的力量，

甚于一切知识本身，将她击败。

她周复一周地悉心照顾我，

短期内就收获甚多。

部分是因为有不良建议误导她，

令其真心付出，却饱受折磨，

可她毕竟只是个女孩。

“啊，傻瓜，把我自己变成女王，一场闹剧！

何时又重复此事？绝不，我想，

直到太阳沉落消亡，杳无踪迹。”

她嗓音哽咽，头埋在手里，

伟大的胸怀经历过所有的过失，

刹那间，悲从中来，我不敢轻言打搅。

直到感觉黑暗世界已经变化，
金合欢树传出朦胧声响，
一只鸟儿，早早醒来喂食幼儿，
沾露的胸口发出欢叫，呼唤光明。
她动了一下，诗集掉落脚边。

“别太自责，”我说，“也别
太责怪男人和野蛮的律法，
这是世界迄今仍存的坎坷之路。
从此，你有一个好帮手，我，
明白女人的事业即是男人的事业。
他们同起同落，同渺小同伟大，
同羁绊同自由，
来自忘川[6]的她与男人一起
攀登闪耀的自然之梯，
一起奔向共同目标，
在她手中，世界永远美丽、年轻。

如果她身材矮小，性格脆弱，可怜兮兮，
男人该如何成长？但请别独自苦干，
我们的世界广阔无边，只要我们胸怀宽广，
二人合力，携手相助——
就能摆脱依附的形式，
似乎撑起了她，但却把她拖垮——
就能给她足够空间自我发展，
让她可以做她自己，
是让步还是坚持，去生活与学习，
从而无损独特女人的个性。
因为女人并非不成熟的人类，
只是物种的多样化而已。
如果我们把她们变成男人，
就扼杀了甜蜜的爱情。
这就是他最亲密的纽带，
不是因相似而喜欢，而是因不同而爱。
然而在漫长的岁月里，他们肯定越来越像，

男人更像女人，女人更像男人。

他温柔有加，道德更加高尚，

却不会失去足以撼动世界的强健体魄。

她拓宽了精神境界，却不会降低照顾孩子的能力，

心胸宽广，却不失可爱，

直到最后她把自己打上男人的印记，

像完美的音乐配上雄伟的歌词。

因而这些成双的人儿，肩并肩，

坐在时光的下摆，

积聚能量，同心同德，

分配收获，播种未来，

各自尊重，也尊重每一个人。

虽个性鲜明，各有不同，

但相亲相爱，如相恋般感情密切。

随之，伊甸园将重归人类，

更加华贵气派，

管治着世上的婚姻，纯洁和安宁，

人类最高级别的种类将随之崛起。

愿上述诸事均能遂愿！”

她叹口气，说：“我担心它们无法实现。”

“亲爱的，我们现在起就能

把它们植入我们的生活，

让这个骄傲的口号无与伦比，

任一性别都不完整。

在真正的婚姻中，既非平等，亦非不平等，

双方都自我完善，总能思想一致，

目标统一，齐心协力，他们共同成长。

这是唯一纯洁又完美的动物，

两瓣心脏同时跳动，以同一个强音——

生命。”她又叹了口气，说：

“这曾是我的梦想，

是哪个女人教你的？”

“我自己悟出的，”我说，“早在我明白之前，

沉浸在世界丰富的预兆中，

我就爱上那个女人。

她并未沉溺于自我，浑浑噩噩，

也未沉浸在悲哀中，生不如死，

或激情高涨，以致犯下过失，

但就有那么一人，我对她是真爱，

没有学问但家务样样精通，

不完美却充满温柔的渴望，

有天使般的本性歌唱天堂，

是神与人之间的翻译。

她天生适合此地，

但她踮起脚尖，好像踩到一个球体，

粗糙得无法前行，

所有的男性思维必然都

从自身轨道上朝她摇旗助威，

以音乐绕其左右。

很幸运，他有这样一位母亲！

对女性的信仰在他的血液中流淌，

他容易相信一切至高无上的东西，

尽管他会跌倒，

但不会让黏土迷失他的灵魂。”

“但是我，”艾达说，战战兢兢，“如此不同，

你似乎喜欢用言语自欺欺人，

这位母亲是你的偶像。

我听说过你离奇的怀疑，

它们也可能即是如此，

我似乎就是对自身的嘲弄。

不会的，王子，你不能爱我。”

“除了你，我谁也不爱。”我说，

“长期守望画上你的那双明眸，

直到发觉自己爱上你，也渴望你见我，

透过铁石心肠的外壳瞧见你。

它遮蔽了男人对你的崇敬，

把甜蜜的爱情强加于愉快童年的玩笑。

如今通过你，还原生活的本质，真正的生活，

我真的爱你。新的一天来临，

光明对夜晚更加珍贵，一如你曾经犯下的过失。

抬起眼睛，我的怀疑已经消失，

至于那挥之不去的空洞阴影的感觉，

你身上真实的改变已将它消灭殆尽。

亲爱的，抬起头来，让你我性情相通，

就像混沌半球上的那个清晨，

靠近我，别害怕，在我头上呼吸。

在这芳香的空气中，我颤抖着，

所有过往都如薄雾般融化在这明亮时刻。

这是更多人渴望的清晨，所有未来的富人都为之眩晕，

如金秋树林，逆着燃烧的野草烟雾摇晃。

原谅我，我把我的心浪费在符号上，

随它去吧。我的新娘，

我的妻子，我的生命。

哦，我们将在这个世界同行，

紧密结合到一起，为了崇高的目标一起努力，

就这样穿越荒野上无人知晓的黑暗之门。

我真的爱你，来吧，

放弃你自己个人，我和你的希望本是一体，

成就我的男子气概和你自己吧，

把你甜蜜的双手放在我手上，并相信我。”

[1] 公元前 195 年，古罗马妇女集体抗议奥庇安法。在这次运动中，妇女们为争取自身的合法权益首次提出了政治要求，并在多年的努力后终于将该法废除。

[2] 马尔库斯·波尔基乌斯·加图（公元前 234—公元前 149），罗马共和国时期的政治家、演说家，公元前 195 年的执政官。

[3] 罗马共和国著名的女演说家。后三巨头同盟时期，由于缺少内战经费，罗马要求 1400 名最富有的妇女交纳一部分财产。霍滕西亚作为代表据理力争，终于导致三巨头让步，把人数从 1400 人减为 400 人。

[4] 狼是罗马帝国的象征，传说罗马城的建立者罗慕路斯与其弟雷穆斯婴儿时曾被母狼喂养过(即“母狼乳婴”的故事）。今天罗马的城徽图案就是一只母狼陪伴着两个男孩。在罗马博物馆里，也陈列着一只母狼陪伴着两个男孩的铜雕。

[5] 达娜厄，希腊神话里阿尔戈斯国王阿克里希俄斯之女。主神宙斯化作金雨与她幽会，生子珀尔修斯。

[6] 忘川，希腊神话中冥府的一条河流，饮其水即忘却过去的一切。

尾声

从她们唱的歌谣中，
或她们静坐时无声的影响，
都似乎曾努力不陷入滑稽表演的窠臼，
并最终把我们引向庄严的结局。

我们的故事就这样结束，

我的方案完全是随机的，

一如开始那般狂野。

台词大多是我的，我们结束的时候，

停顿了一分钟，沃尔特说：

“我真希望她不要屈服！”又对我说：

“你不妨将其点缀一番，显得富有诗意！”

男男女女一致请求，我点头同意。

如何把七章分散的策划揉在一起？

何种风格比较合适？

男人们要求我自始至终

保持仿英雄的巨人形象，

于是我们先拿小莉利亚打趣。

女人们，也许她们感觉自己的力量，

从她们唱的歌谣中，

或她们静坐时无声的影响，

都似乎曾努力不陷入滑稽表演的窠臼，

并最终把我们引向庄严的结局。

她们讨厌玩笑，追求真实场景，

英勇的战斗，高贵的公主，为何

不让她成为真正的英雄，真正高尚的人物？

或者她们全部说，都跟结局一样真诚？

但若采用如此框架，则难以达成效果。

随后，两拨人马——嘲笑者和现实主义者起了小争执，

而我，夹在中间，想要取悦双方，

但当故事一开场，
我像在一条奇怪的斜线上移动，
也许我和他们都未能如意。

莉利亚令我开心，她并未
参与争论，后续的故事
感动了她。她坐着，摘下草叶，
又扔出去，静心琢磨。最后，
她表演般瞥了一眼姨妈，说：
“你来说说，我们到底是怎么回事？”
她本欲说明，因为她非常着迷于书本的论述，
但是传来喊叫声，天色已晚，园门要关，
人群蜂拥而至，聚集门口栏杆周围，
纷纷离去。

于是我和一些人走了出去。我们爬上
通往维维安庄园的斜坡，翻过去就望见

欢乐的山谷，一半依然光亮，一半已经
笼罩在西方的阴影之中，一片安宁景象。
林丛莽莽，灰色楼宇隐于其中，
村落布局整齐，随处可见塔楼
在啤酒花丛和麦田中若隐若现，
亦可望见小溪波光粼粼。远处的海面上
风帆点点，红色的，白色的。还有更远处，
说看见不如说想象，是法国的城郊。

“快看，那儿有个园子！”我的大学朋友，
保守党成员的长子叫道，“就在那儿！
上帝保佑让它远离狭窄大海，
让我们的英国在这世界完全独立。
全国上下无论百姓或君王，
均被赋予一种责任和信仰，
敬畏我们亲手制定的法律，
增强变革意愿的耐心与魄力，

激发抗议聚众的男子气概。

但那边，闻一闻！一场酷热突然席卷而来，

最庄重的公民似乎失去了理智。

国王恐惧，士兵不愿战斗，

小男孩开始开枪和刺杀，

国家在尖叫声中颠覆，

像个老妇人。世界在仿英雄行为中摇晃，

它们可比我们的怪异多了，

起义，共和国，革命，诸如此类，大多

跟学校男生被关禁闭一样无关痛痒。

本是严肃的事情却显得太滑稽，

而本有喜剧的成分反倒显得太严肃，

就像我们狂野的公主，有智慧的梦想，

跟他们中的某些人一样。上帝保佑狭窄的海域！

我愿它们像大西洋一般广阔无边。”

“耐心点，”我答道，

“我们都曾犯了很多错误，

也许最疯狂的梦想只是揭示真理的序幕。

快乐的一天，开心的人群，

运动与科学融为一体，都让我信心满满。

我们这个美好的旧世界，

还只是坐在手推车里的小孩。

耐心点！给它时间

让它四肢强健起来，

有只手在引导它。”

说着话，我们抵达花园的栏杆，

我们看到沃尔特爵士站在

高耸的深红色圣栎树前，

身边围着六个男孩。他是

准男爵，个子不小，双手也不白皙；

他是个伟大的英国人，肩膀宽阔，和蔼可亲；

他是领主，养着一流的肥美牛羊；

他擅长栽培，种的瓜大，育的林密；

他乐善好施，赞助了三十多个慈善机构；

他还写了关于鸟粪和谷物的小册子；

他担任季审法庭的主席，无人能及，

一头金发，比凉风习习的晨曦更亮。

他和近旁的人们一一握手，

然后开始讲话。

他的演讲不长，很简练，比如

“闭幕欢迎”“再会”“欢迎大家

来年再光临”等。

又传来一声大喊，从一个斜坡到另一个斜坡，

有鸦群队列齐整飞行而至，

突然从榆树边转向。

小鹿头上的角枝在远处的蕨类植物丛中摇晃，

声音远飘至夕阳界外。啊，这喊叫声，

比城里对君王的三呼万岁还要快乐！

为何这些伟大的爵士们

每年不多开放几次园子，

让人们前来透气娱乐呢？

他们哭了三次，我也不例外，

然后，三五成群、恋恋不舍地离去了。

我们又回到修道院，坐下，

黑暗逐渐降临，却更有魅力。我们坐着，

但没人说话，都沉浸在莫名的遐想中，

也许在想象未来人类的景象。

四周的墙壁黑黝黝的，蝙蝠在盘旋，猫头鹰在叫唤，

渐渐地，暗夜的威力显现，

它凌驾于风的领域之上，

加深了黄昏的庭院，在整个宇宙的

所有寂静空间中令它们土崩瓦解，

超越一切思想，进入天堂之上的极乐世界。

最后小莉利亚，默默地站起，

取下闪光的拉尔夫爵士雕像上

华丽的丝绸，

我们兴高采烈地回家了。